片翼のイカロス

One-Winged Icarus

野島夕照
SEKISHO NOJIMA

光文社

片翼のイカロス

装画……上杉忠弘
図版……まるはま
装幀……大岡喜直（next door design）

目次
Contents

【登場人物】

碇矢《いかりや》　加州《かしゅう》（52）　碇矢家当主、碇矢コーポレーション社長

胡桃《くるみ》（56）　加州の姉

洋一郎《よういちろう》（57）　胡桃の夫、碇矢コーポレーション副社長

雪奈《ゆきな》（38）　加州の妻

安奈《あんな》（16）　雪奈の娘、高校一年生

夏樹《なつき》（故）　加州の父、一族の創始者

琴葉《ことは》（故）　加州の母

邦子《くにこ》（故）　加州の先妻、病死

夏威児《かいじ》（故）　加州の息子、自動車事故死

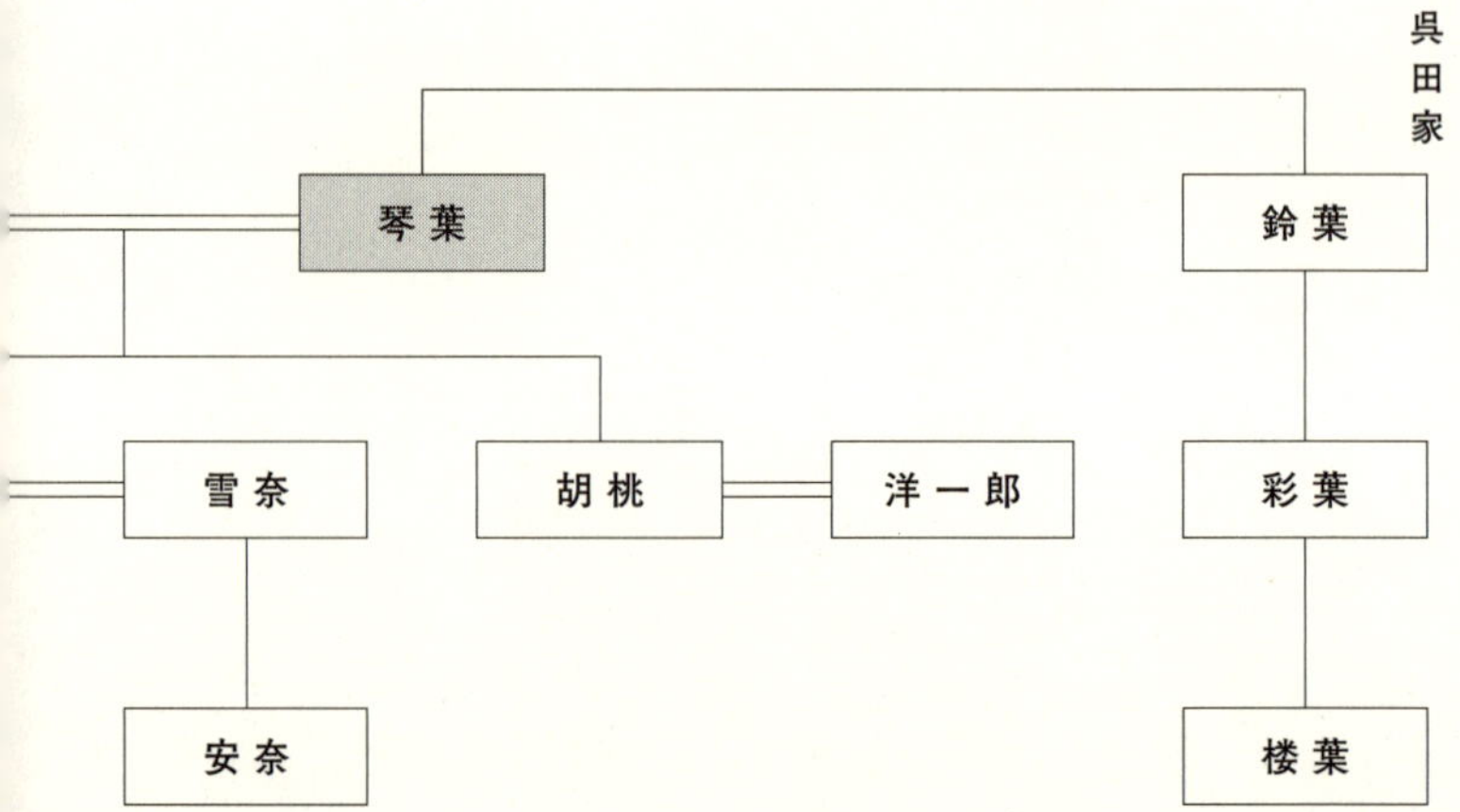

紅亜《くれあ》（故）　夏威児の妻、自動車事故死
呉田《くれた》鈴葉《すずは》（77）　琴葉の双子の姉、碇矢コーポレーション会長
彩葉《いろは》（50）　鈴葉の娘、碇矢コーポレーション専務
楼葉《ろうは》（25）　彩葉の娘、加州の秘書
箕輪《みのわ》奏多《かなた》（25）　紅亜の弟、楼葉の元クラスメイト
小暮《こぐれ》寛治《かんじ》（48）　碇矢邸のシェフ、邦子の弟
馬場《ばば》恭太郎《きょうたろう》（45）　碇矢邸の運転手
蒼井《あおい》美樹《みき》（21）　碇矢邸の先輩メイド
和久井《わくい》麻琴《まこと》（21）　碇矢邸のメイド、語り手
宇賀神《うがじん》和也《かずや》（52）　神奈川県警　本部長（警視監）
森下《もりした》洋光《ひろみつ》（49）　神奈川県警　刑事部長
浅倉《あさくら》陽介《ようすけ》（33）　神奈川県警　警部

【相関図】

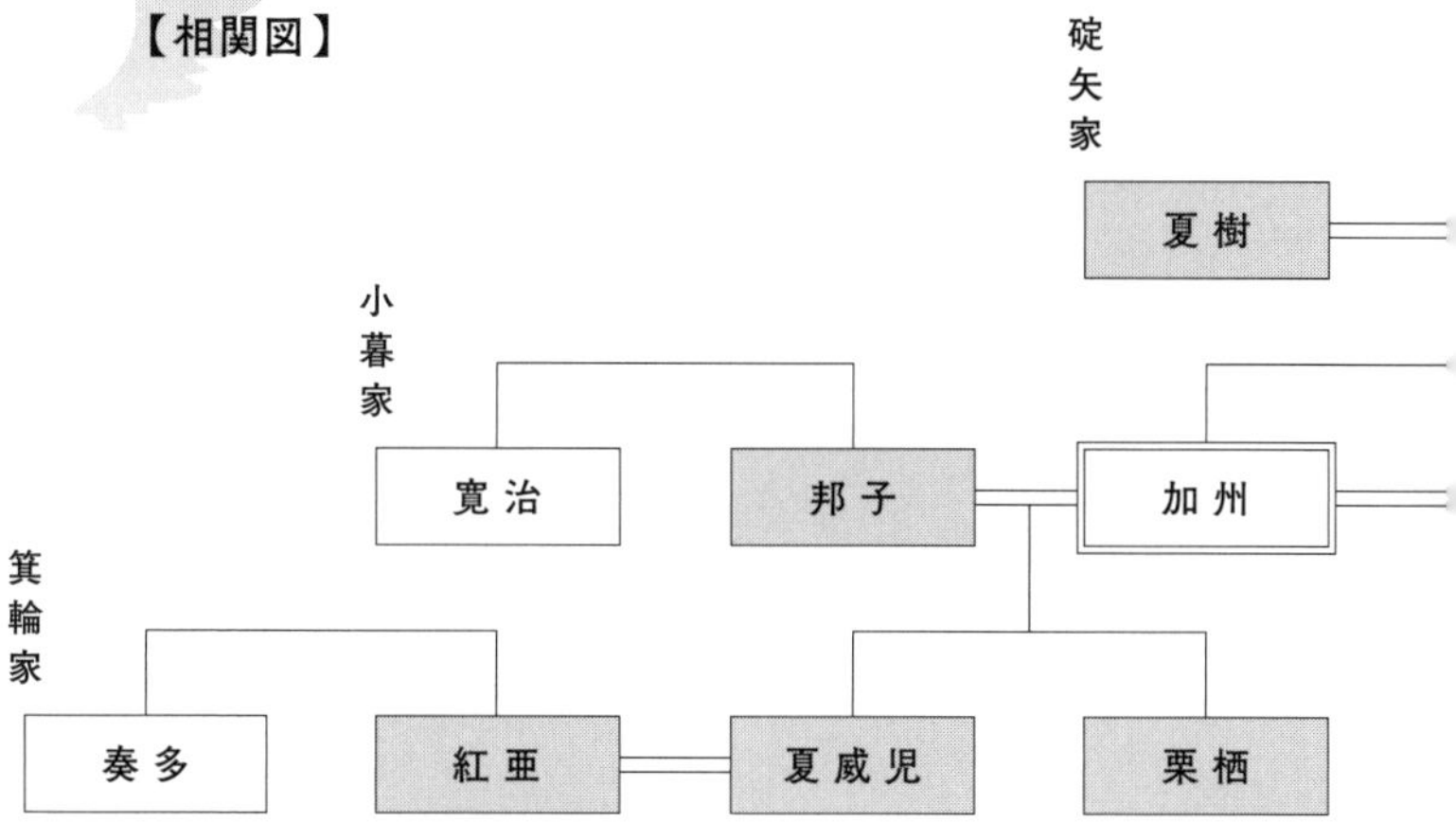

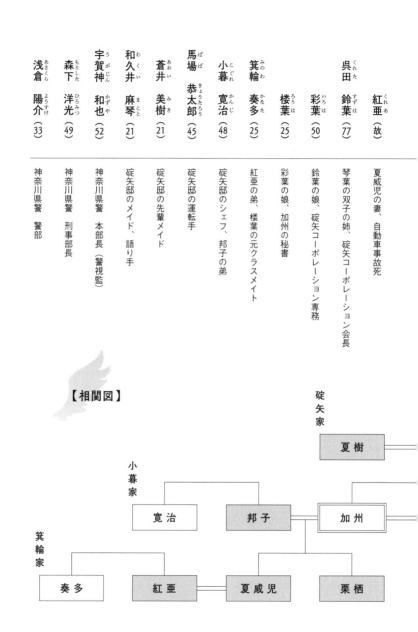

【碇矢邸（見取図）】

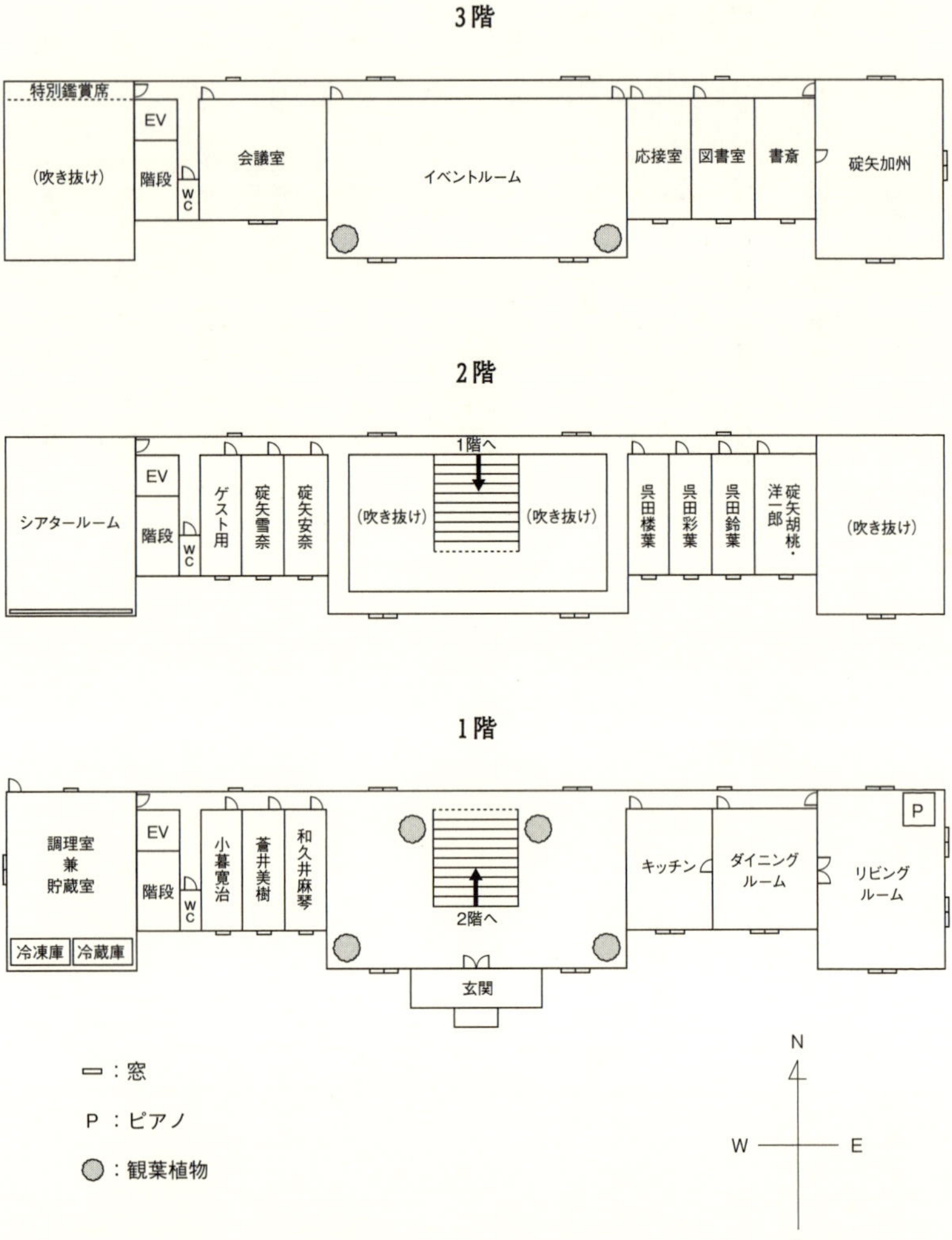
3階
特別鑑賞席
EV
（吹き抜け）
階段
WC
会議室
イベントルーム
応接室
図書室
書斎
碇矢加州
2階
1階へ
EV
シアタールーム
階段
WC
ゲスト用
碇矢雪奈
碇矢安奈
（吹き抜け）
（吹き抜け）
呉田楼葉
呉田彩葉
呉田鈴葉
碇矢胡桃・洋一郎
（吹き抜け）
1階
P
調理室
兼
貯蔵室
EV
階段
WC
小暮寛治
蒼井美樹
和久井麻琴
キッチン
ダイニングルーム
リビングルーム
2階へ
冷凍庫
冷蔵庫
玄関
：窓
P ：ピアノ
：観葉植物
N
W
E
S

プロローグ

「ねえ、クーちゃん。ちょっといい?」

もうすぐ四才になる娘が「なあに?」と首をひねる。

「今日ね、病院で調べてもらったら、お腹《なか》の中の赤ちゃん、男の子だって」

「だからそう云《い》ったでしょ」

確かにそうだ。クーちゃんは、医学的に赤ちゃんの性別が判断できない時期にもう、私のお腹の中にいる赤ちゃんが男の子だと告げていた。以前病院に勤めていた私には判《わか》る。そんなことあるはずがないのだ。

二ヶ月前のあの日、夫が「次はどうか男の子でありますように」と両手を合わせると、クーちゃんは「パパ、大丈夫だよ。男の子が生まれるから」と云い切った。「弟が欲しいんだ?」と訊《き》く私に「そうじゃなくて、ママのお腹の中にいるのは男の子なの!　男の子が生まれてくるんだってば」と返し、「早く出ておいで。一緒に遊ぼう」と私のお腹に語りかけたのだ。

実は、クーちゃんは私の妊娠も云い当てていた。何やらクレヨンでお絵描きしている娘に「何を描いてるの？」と訊くと、「ママのお腹の中にいる赤ちゃん。可愛いでしょ？」と答えたのだ。計算するとその時は着床《ちゃくしょう》するかしないかくらいの時期だから、これもあり得ない。

生まれてくる赤ちゃんが男の子だと判明したので、私たち夫婦は早々に名前を付け、クーちゃんにも伝えてあげた。彼女は嬉《うれ》しそうに「じゃあ、カーくんだね」と微笑《ほほえ》んで、何度も「カーくん、カーくん」と呼びながら部屋じゅう駆け回った。

そう云えばクーちゃん、少し前に「ママのお腹の中、電気が点《つ》かなくて真っ暗だったから怖かった」って教えてくれたことがあったっけ。もしかするとこの子は、生まれてくる前の記憶を持っているのかもしれない。

私は思い切って、クーちゃんに訊いてみることにした。

「クーちゃんは生まれる前、どこにいたか憶《おぼ》えてる？」

「うん。憶えてるよ。あのね、お空の上の『天国』にいたの」

「お空の上？」

「うん。そこにはね、赤ちゃんがいっぱいいるんだよ」

小さな娘は身振り手振りで懸命に伝えようとする。

「赤ちゃんの他には誰かいた？」

「妖精さんがいたよ。何か困ったことがあると、いつも妖精さんが現れて助けてくれるんだ」

「ふうん」

「それでね。生まれてくる時、赤ちゃんのところに大きな羽を持った天使さんがやってきて、キラキラした金色の粉を振りかけてくれるの。そうすると背中に可愛い羽が生えてきてお空を飛べるようになるんだ。その時天使さんがね、赤ちゃんの口に指を当ててお話をしてくれるんだよ。『いい？　約束だよ。ここでのことは誰にも話しちゃいけないよ』って」

　そう云ってクーちゃんは、シーッとくちびるに人差指を立てるポーズをしてみせた。簡単に話しちゃってるところが何とも可愛い。

　へえ、そうなんだ。私たちがこの世に生まれてくる時は、天使が天国の思い出や前世の記憶を封印するのか。下界へと旅立つ赤ちゃんの口に指を当てると、一点の曇りもない無垢《むく》な状態で誕生するってことかな。もしかすると、私たちの鼻の下にある指一本分のくぼみはその時に天使が人差指を当てた跡なのかもしれない。それが生まれ変わった証《あかし》だったりして。

　ごく稀《まれ》だろうけど、クーちゃんみたいに天国での記憶が残ってる子もいるみたいね。神の使いである天使でもたまには失敗するってことかしら。

　あれっ？　今『金色の粉を振りかけると飛べるようになる』って云ったわね。

　ふむ。天使が翼を授けてくれるってことか。それじゃ赤ちゃんはキューピッドみたいに裸のまま自分で羽ばたいて生まれてくるのかな。ふふふ。それはそれで可愛いかも。

「じゃあ、天国でクーちゃんはいつも妖精さんや天使さんと遊んでたの？」

「ううん。ずっとカーくんと一緒にいたよ」

　えっ？　今度生まれてくる男の子と一緒にいた？

「本当？」

「うん。ホントはカーくんと一緒に『お空の旅』をしてママのお腹の中に行きたかったんだけど、クーちゃんよりも早くカーくんが呼ばれちゃったから、カーくんが先に飛んでママのお腹に行っちゃったんだ」

え？　弟のカーくんが先に私のお腹の中に来た？　逆でしょ？　カーくんはまだ生まれてないんだから。

あれ？　ちょっと待てよ。

もしかして――。

私は、クーちゃんが生まれる一年半ほど前にも妊娠したことがあった。初めての子どもだったので夫と二人で喜んだが、順調に成長していたにもかかわらず、なぜか流産してしまった。特に腹痛や出血といった異変もなく、私の大事な赤ちゃんの心臓は突然停《と》まってしまったのだ。

医師は「早期流産は自然の摂理《せつり》によるものだから、母親の責任ではありませんよ」と云ってくれたけど、しばらく私は自分を責め続けた。私の何がいけなかったのか。あの時どうすればよかったのか。

そもそもこれは私に対する罰ではないのか。

それからすぐにクーちゃんを授かったものの、あの時失ってしまった小さな命を片時も忘れたことは無い。

涙ぐむ私のセーターをクーちゃんが引っ張る。

「雲の上に神さまの国があってね、そこからさあっと光が降ってくるの。光が当たった赤ちゃんは天使さんが金色の粉をかけてくれるんだよ。やっとクーちゃんの順番になって、『お空の旅』に出ることができたんだ」

「そうなんだ」

「でもね、さあ飛ぶぞって時にカーくんが天国に戻ってきたの。こっちで生まれなかった赤ちゃんは、また天国に行って順番待ちするんだよ。クーちゃん、大きな声で呼んだんだけど、聞こえなかったみたい」

えっ？　それじゃ、あの時流産した子は——。

にわかには信じられないけど、一度流産したカーくんは天国に帰って、また私のお腹の中に戻ってきてくれたってことなのかしら。

ダメだ。涙があふれて止まらない。クーちゃんが「ママ、大丈夫？」と、私の顔をのぞき込む。

「ありがとう。大丈夫よ。——ねえ、クーちゃん。『お空の旅』をするんだったら、すごく高いところを飛ぶんじゃない？」

「うん。すごく高くてすごく風が強いんだよ。クーちゃん、何度も飛ばされそうになったもん」

「怖くなかった？」

「うん、大丈夫。生まれたらパパとママがギュッと抱きしめてくれるって、妖精さんが云ってたから」

また涙があふれ、思わずクーちゃんを強く抱きしめた。

ひとつ疑問がある。

「どうしてカーくんは天国に戻ったのかしら」

「それはね、カーくんが忘れ物をしたから」

「何を忘れたの？」

「ビー玉。最後のトンネルで使うんだよ」

クーちゃんの話によると、赤ちゃんは生まれる直前、最後のトンネル——きっと産道のことね——を通る時、天国から持参したビー玉を三つ、その通行料として門番のお婆さんに渡すらしい。でも、カーくんはそれを忘れてしまったから、私のお腹から天国に戻ったのだという。

何だかそそっかしい。パパに似たのかな。

私と同じように流産して子どもに会えない母親もいれば、生まれてすぐに亡くしてしまう母親もいる。その子どもたちはきっと天国にビー玉を取りに行ったに違いない。子どもたちがもう一度お空の上の天国から自分を選んでくれるように、笑顔で毎日を過ごしたいものだ。彼らがまた大空を羽ばたいて会いに来てくれるその日まで。

そして今、再びカーくんは私のお腹へとやってきた。なんて不思議な縁なんだろう。言葉で云い表せないほど嬉しい。

早くカーくんに会いたいな。どんな男の子なんだろう。

カーくん、パパみたいに立派な人になるんだよ。

——あれっ？　ちょっと待てよ。

「でもさ、クーちゃん。そんなにいっぱい赤ちゃんがいるのに、一度離れ離れになったカーくんをよく見つけられたね」

「うん。すぐ判ったよ」

「どうして？」

「だってカーくん、最初の『お空の旅』で着地した時ケガをしちゃったの。そのせいで、ずっと右足を引きずってたから」

第1章 メイドが屋敷にやってくる

二〇一九年十一月一日(金)、早朝。

目前に広がる湖は深い霧に包まれていた。

まるで雲海みたいだ。

湖面からの穏やかな風がやさしく私の両頰《りようほほ》をなでる。その冷たさにあらためて霜月《しもつき》の朝を実感した。

こうやって湖の畔《ほとり》に立っていると、雲の上に住む仙人にでもなったような気分ね。地上の人間たちを見下《みお》ろして、空に浮いているような感覚に陥《おちい》る。

霧の街ロンドンの上空をピーター・パンと一緒に自由に飛び回るティンカー・ベルもこんな気持ちだったのかな。ロンドンの中心部からネバーランドまで二時間四十五分でひとっ飛び。信じる心を持てば誰でも空を飛ぶことができるという。

確か、ティンカー・ベルのような妖精は人間の赤ちゃんが最初に笑った時に生まれ、「妖精なんていない」と云われるたびに一人ずつ消えていくのよね。

――いけない。

妄想に浸ってる場合じゃないぞ。初日なんだから、もっと気を引き締めなきゃね。調子に乗ってるとまた持病の片頭痛《へんずつう》が起こるかも。

湖畔《こはん》のバス停を離れ、丘の上に建つ屋敷へと向かう。緩《ゆる》やかな上り坂を進みながら、私は、所属する家事代行人材派遣会社の上司との会話を思い出していた。

ちょうど一週間前。

「休みの日に呼び出して申し訳ない。今回はちょっと特殊なケースでね。派遣スタッフのプロフィール一覧を目にした先方が、和久井麻琴《わくいまこと》さん、君にぜひお願いしたいと云ってるんだ」

思わず「私ですか?」と訊き返した。これと云って取り柄の無い私を指名する意図が解《わか》らない。ひょっとすると、どこかで私を見初《みそ》めた資産家の御曹司《おんぞうし》の意向だったりして。

「君も碇矢《いかりや》家の噂は聞いたことがあるだろう? 相模湖《さがみこ》を一望できる丘陵地帯に四十五万坪の敷地を有する実業家の一族だ」

「四十五万坪? ちょっとピンと来ませんけど」

「実に東京ドーム三十二個分の広さだよ。君がメイドとして働く洋館も、十以上の居室を持つ壮麗な邸宅だと聞いている」

とりあえず掃除が大変なのは間違いなさそうね。

上司が背筋を伸ばして話を続ける。

「先方の希望は、がんを患《わずら》った女性の世話ができる人材なんだよ。今回は、君が介護系の国家資格を持っていることで白羽の矢が立った」

確かに私は介護福祉士の資格を持っている。山手《やまて》にあるブラフ女学院は、横浜で唯一の福祉系高校だ。私が卒業した福祉科はノーマライゼーションの考えや福祉マインドを広く学んで介護のスペシャリストを目指す専門機関で、ここで三年間学んだ者は介護福祉士の受験資格が与えられる。

子どもの頃からずっと片頭痛に悩まされてきた私は、将来的に病気やケガで苦しむ人々を助ける職業に就くことを漠然《ばくぜん》と考えていた。

「いつからでしょうか？」

「契約期間は十一月一日から十二月末までの二ヶ月間だ。一応、碇矢邸でのタスクは家事全般と心得てほしい。邸内には他にもメイドがいるようだから、細かい仕事内容についてはその女性に訊くといいだろう」

「お屋敷に住む人たちの情報があれば聞かせてください」

短期の派遣業務では大事なポイントだ。上司はうなずきながら、手もとのファイルをめくった。

「資料はあとでまとめて送るが、まずは概略から伝えておくよ。青森と長野に広大なナッツ園を所有する碇矢家は、アメリカのカリフォルニア州にも事業展開して大成功を収めた一族だ。さらに、加《か》州《しゅう》氏の代になって大規模なレジャー開発にも乗り出した。持株会社である碇矢コーポレーションは、ナッツ栽培、不動産、エネルギー、レジャー施設、ゴルフ場、ファイナンスの各分野で六つの事業会社を傘下に置いており、加州氏の父、夏樹《なつき》氏の兄弟姉妹の子や孫たち、つまり傍系《ぼうけい》の親族が、そのグループ会社の経営を担っているとか。加州氏が社長に就任してから碇矢グループの業績は右肩上がりで、今や日本で五本の指に入るほどの企業に成長した」

「あのう。『加州』という名前なんですか？」

上司が「そうだよ」とうなずく。ふむ。ナッツドリームを実現した一族の当主は、碇矢加州か。変わった名だ。

「加州氏は剛腕のワンマン社長で、グループの方針はほぼ彼が一人で決める。生まれつき片足が不自由なため外出することは少なく、ほぼ碇矢邸の中で執務を行っているようだ。短気で気性が荒いというもっぱらの噂だから、対応には充分注意してほしい」

なかなかクセが強そうね。

「和久井さんにお願いするのは、加州氏の姉に当たる胡桃《くるみ》さんの世話が中心だ。入院している大学病院からもうすぐ戻ってくるので、今回はそれに合わせての雇用契約となっている。胡桃さんの入り婿《むこ》である洋一郎《よういちろう》氏は碇矢コーポレーションの副社長を務めるが、加州氏に仕事の判断を仰ぐため、新横浜《しんよこはま》の本社と相模湖の碇矢邸をクルマで頻繁《ひんぱん》に往復しているらしい。加州氏の現在の妻、雪奈《ゆきな》さんには安奈《あんな》さんという娘がいるんだけど、いずれも加州氏との関係は良好と聞いている」

上司から受け取った碇矢一族の一覧を眺めていた私はその時、すでに多くの家人が亡くなっていることに気づいた。この屋敷で何かあったのだろうか。

「先代である夏樹氏の妻、つまり加州氏の母親である琴葉《ことは》さんが亡くなったあとは、現在軽井沢《かるいざわ》で静養している双子の姉、呉田鈴葉《くれたすずは》さんが碇矢コーポレーションの会長を務めている。ちなみに、鈴葉さんの娘である彩葉《いろは》さんが専務、孫の楼葉《ろうは》さんが社長秘書を担っているから、まさに一族経営だね。VIP一族がクライアントだから今回は高額の依頼となったが、あまり近隣の評判が良くないのでくれぐれも用心は怠《おこた》らないようにしてほしい」

「承知しました」

そんな上司との会話を回想しながら、今回自分に与えられたミッションをあらためて脳裏に刻み込んだ。

敷地の入り口らしき大きな門に、『碇矢』と彫られたプレートを確認する。備え付けのインターフォンで身分を明かすと、遠隔操作なのか自動で門扉がスライドし、敷地の中で少し待つよう案内された。

碇矢家か。

碇とか錨《いかり》、つまり『いかり』は船や航海を表すシンボルとして用いられることが多い。そのため、港町にある商家、水運や漁業関係の商品を扱う店、元船乗りだった人が始めた店などでは、『碇屋』という屋号が好まれたという。『碇矢』や『碇谷』はこの屋号が転じたものだ。また碇にはその地に、しっかり根を下ろすという意味合いもあるので、縁起を担ぐ商店の屋号としても人気が高いらしい。

それにしても、東京ドーム三十二個分の敷地なんて、その資産価値は想像もつかない。一億とか二億のレベルじゃないんだろうな。ナントカ家の一族みたいに遺産相続争いが起こらなければいいんだけどね。被害者が相模湖から両足を突き出してる姿は見たくないぞ。どうか、先祖代々伝わる掛け軸に詠《よ》まれた俳句や地域伝承の手毬唄《てまりうた》に見立てた連続殺人が起こったりしませんように。

そんな想像を巡らせ冷や汗をかく私の前に、四人乗りのゴルフカートが停まった。運転していたメイド服の若い女性が運転席から声を掛ける。

「和久井麻琴さんね？」

「あ、はい。今日からお世話になります。よろしくお願いします」

精一杯の笑顔で挨拶《あいさつ》する。

「あたし、先輩メイドの蒼井美樹《あおいみき》。——さあ、乗って」

もしかしてこれで移動するのかな。持参したバッグを抱《かか》えて後部座席に乗り込む。それにしても、自分で『先輩メイドの』なんて云うかね。

「あんた、年は？」

カートを走らせながら、そばかすだらけの先輩メイドさまがおっしゃる。

「はい。二十一になります」

「へえ。あたしと同じだ」

「えっ、ホント？　良かった。私、すごく不安だったんだ。いろいろ教えてね」

その瞬間、蒼井美樹は急ブレーキをかけ、カートを停めた。

「さっき、先輩だって云っただろ？　この屋敷にはすべて序列ってものがあるんだよ。同い年でもあたしは先輩なんだから、ちゃんと敬語を使うように！」

じ、序列？　中世ヨーロッパ、封建社会、カースト制度、ヒエラルキー。いろんな言葉が頭の中を駆けめぐる。今年から『令和』になったはずだけど。

でも、郷に入っては郷に従えって云うからな。

「はい。申し訳ありませんでした」

「それでいい。大丈夫。ちゃんと先輩メイドとして面倒見るから」

先輩メイドさまは急に笑顔になり、再びゴルフカートを走らせた。遠くを見ると、敷地内に小山が見える。

「ここは四十五万坪もあってバカみたいに広いから、敷地内の移動は、お屋敷西側の充電スポットに停車してあるこの電動カートを使うんだ。もちろん公道じゃないから運転免許なんて要らない。慣れると快適だよ。敷地全体がひとつのテーマパークだと思えばいい」

説明しながら、蒼井美樹は右手で前方を指差した。視線を移した先には、大きな城、いや王宮のような屋敷が建っている。

これが碇矢邸か。

カートが目的地に着くと、その巨大な左右対称《シンメトリー》の洋館は圧倒的な迫力で私を迎えた。先輩メイドから「早く降りて！」と急《せ》き立てられた私は、彼女がゴルフカートを充電スポットに戻している間、ずっとその屋敷を見上げていた。

見たところ三階建てだけど、とても大きく見える。世界遺産とかに登録された中世ヨーロッパの宮殿と見間違うほど美しく映えていた。そこかしこに漂う霧のせいか、その洋館は重苦しい雰囲気を伴って私を招き入れようとしている。

「さあ、行くよ」

立派な玄関扉を押し開いた蒼井美樹のあとを、辺《あた》りをうかがいながら進む。

突然、目の前に大きな階段が現れた。

二階へと続く階段の幅は八ｍくらいあるだろうか。足もとのマーブル模様に品格を感じ、心持ちテンションが上がる。階段の周囲にいくつも配置された大きな観葉植物のせいか、この吹き抜けの空間は開放感に満ちていた。

「あんたの部屋は、廊下を左に折れた最初の部屋。あたしの部屋の隣だよ。これから社長秘書の楼葉さまのところへ挨拶に行くから、五分でメイド服に着替えてきて。あたしは自分の部屋にいるからさ」

「は、はい」

急いで大階段から一番近い部屋に入る。ここが私の部屋らしい。想像していたよりずっと広くてきれいだ。室内にはトイレとバスルームも完備されていた。

着ていた服を脱ぎ、クロゼットに掛かっていたメイド服に素早く袖を通す。

黒地に白いフリルが付いたクラシックタイプのもので、ロングスカートがエレガントね。事前にデータを送っていたのでサイズはぴったり。鏡の前でくるりと回ると、ポニーテールが大きく揺れた。

なかなか似合ってるんじゃない？　角度によっては、人気女優の橋本環奈《はしもとかんな》に見えたりして。——ちょっと違うか。ははは。

身なりを整えたあと廊下に出て、隣の部屋へ。大きく右に開いたドアの先で、美樹は足を組んで椅子に座っていた。

「時間内ね。よろしい。この屋敷において使用人は常に時間厳守よ。絶対に忘れないこと」

先輩メイドはすぐさま自分の部屋を出て、廊下を左へと進む。

「楼葉さまは三階の会議室で書類整理をされているから、今から階段で上るよ」

「このエレベータは使わないんですか？」

目の前の設備を指して訊く。エレベータの扉は開いていた。いつも一階で待機する設定になっているようだ。

「これは、足に障がいがある旦那さま専用なの。会長の鈴葉さまだけは高齢なので使用することが許されてるけど、それ以外は基本的に、副社長の洋一郎さまや専務の彩葉さまだって使えないんだ。使用人のあたしたちが使っていい訳ないだろ！」

興奮して声を荒らげる先輩メイド。

ふうん。そういうことなのね。了解了解。

二人して三階まで階段を上る。それにしても長い。息が切れる。

——解った。この屋敷、どのフロアも天井が高いんだ。五mはあるんじゃないかな。普通のマンションの倍近くありそう。

三階に着くと、最初の部屋が会議室だった。ドアは開いている。

先輩メイドは、室内にいた若い女性に「失礼します」と頭を下げた。その女性はおもむろに振り返ると、大きくうなずいて入室を許可した。この人が社長秘書か。

「楼葉さま。こちらが、本日より邸内で働くことになった和久井麻琴さんです」

「ああ、和久井さんね。呉田楼葉です。どうぞお掛けになって」

そう云って、近くにあったパイプ椅子を勧める。先輩メイドが小さくうなずいたので、「はい。失礼します」と告げて秘書の向かいに着席した。

「私は廊下で控えておりますので何かあればお声掛けください」

蒼井美樹はそう云い残し、入り口へと戻っていった。

「さてと、和久井さん。今回、碇矢邸に来ていただいた理由は理解してもらっているかしら」

社長秘書はまったく表情を変えることなく語る。もちろん感情が無い訳ではないのだろうが、どうしても冷たいイメージを抱いてしまう。まっすぐ伸びた黒髪と切れ長の瞳は知的な印象を、そして背筋が伸びたシルエットは高貴な印象を与える。間違いなく美人の類《たぐい》だ。

彼女にニックネームを付けるとしたら、そうね、『アイスドール』かな。もちろん悪い意味じゃない。常に冷静沈着って感じだし。

「はい。碇矢胡桃さまのお世話と聞いております」

社長秘書の楼葉は「そう」とうなずいた。そして、当主の姉に当たる胡桃が一年前に体調を崩し、大学病院で検査したところ末期がんであると判明したことや、ステージ四ですでに全身に転移していたため、緊急で受けた骨髄移植手術も効果がほとんど見られなかったことを、淡々と語った。一週間前に上司から聴いた話とほぼ同じ内容だ。

「その後はずっと入院されていて、今年の春に医師から余命半年と宣告されたんだけど、半年以上経《た》ってもまだお元気だったので、胡桃さま本人の希望もあり、生まれ育ったこの屋敷に戻ってくることになったのよ」

狭い病室を抜け出して住み慣れた自宅に帰りたいという気持ちはよく解る。

「今回、多くの候補者の中から、和久井さん、あなたを採用することに決めたのは、主にふたつの理由からなの。ひとつは介護職の国家資格を持っていること。末期がん患者の痛みや精神的な苦しみなんて、経験の無い使用人には解らないものね」

実際のところ介護の仕事は楽じゃない。身体的負担が大きいだけでなく、慢性的な人材不足で一人当たりの業務量が多く、時には人の死に立ち会うことさえある。

「もうひとつの理由はあなたの人柄よ。派遣会社の責任者に今回の依頼内容とその背景をお伝えして、胡桃さまの苦痛を理解したうえで話し相手になってもらえる人、どんなわがままも笑顔で受けとめられる人を希望したところ、『それなら和久井麻琴さんが適任です』と太鼓判を押してくれたから」

そうか。上司の推薦もあったのね。介護の仕事は、食事や入浴、排泄《はいせつ》といった身の回りの世話を通して、介護ニーズがある人たちの人生そのものを支えることだ。私はそのことに強い使命感を持っている。

「胡桃さまは来週、この碇矢邸にお戻りになるわ。それゆえ年末までの期間限定であなたに来てもらったの。街中《まちなか》からこの屋敷まで通うのは大変だから、お部屋も用意しました」

「――あのう。年末までよろしいのでしょうか？」

「医師が云うには、おそらく年を越すことはできないだろうと」

そういうことか。最初は、使用人が産休か何かで年末まで働けなくなったのかと思ったけど、そうじゃなかったのね。道理で報酬が高いはずだ。

「承知しました。難しいお役目ですが、誠心誠意務めさせていただきます」

「ありがとう。よろしく頼むわね」

アイスドールが少しだけ微笑んだように思えた。

「あ、そうそう。この先あなたが不思議に思うことがあっても、ここではすべて碇矢家のルールに従っていただくので、そのつもりで」

再び氷のような表情に戻る。

「ルール？」

「そうよ。少し古風で封建的に感じるかもしれないけど、この屋敷では碇矢家の血はすべてに優先するの。それだけは忘れないでちょうだい。くれぐれも当主の加州さまに対しては失礼の無いように！」

社長秘書が放つ眼差《まなざ》しの強さと圧力に押しつぶされそうになる。何とか「は、はい。承知しました」と絞り出した。

「それじゃ、この屋敷や住人のことについては蒼井さんから聴いてくださいな。早く馴染《なじ》むといいわね」

そこまで語ると、楼葉は立ちあがり「蒼井さん！」と声を張った。そのまま背中を向けて、書類整理に戻る。

足早に駆けつけた先輩メイドに、楼葉は後ろを向いたまま告げた。

「あとは頼むわね。この屋敷のこと、和久井さんに詳しく教えてあげて」

「承知しました」

一礼した美樹は私の右手をとり、会議室の出口へと引っ張っていく。部屋を出る時、社長秘書の背中に「失礼します」と投げかけたが、返事は無かった。

結局、この偉そうな先輩メイドが私の教育係ってことね。

ひとつ疑問が浮かんだので訊いてみた。

「あのう。どうして金曜日なのに社長秘書がお屋敷にいるんですか？」

蒼井美樹が声のトーンを落として、「それは、社長である旦那さまが普段からこの屋敷で執務しているからだよ」と返す。

「実務的に会社を運営しているのは副社長の洋一郎さまで、碇矢コーポレーションの本社と碇矢邸を絶えず行き来してる。旦那さまは片足が不自由なこともあって、屋敷の中で重要な稟議《りんぎ》事項を決裁したり洋一郎さまが判断できない案件を裁定することが多いんだ。楼葉さまは秘書だから、特別な指示がない限り旦那さまと行動をともにするって訳」

ふむ。上司の話とも合致してる。

「ちなみに、会長の鈴葉さまは隠居同然のお立場で、専務の彩葉さまも実務とは距離を置き、出社するのは取締役会と株主総会の時くらいかな。創業家として緊急でグループの方針を決めなきゃなんない時があるから、碇矢邸には会議室や応接室も設けてあるけどね」

それじゃ、お偉い皆さんは基本的にいつもこの屋敷にいるってことか。何だか気遣《きづか》いで疲れそう。

楼葉がいた部屋から廊下を右へ。一歩前を歩きながら美樹が順に説明する。

「会議室の隣は、この屋敷で一番広い部屋。ゲストが多すぎて一階のリビングルームで収まらない時はこの部屋を使うんだ。まあ、イベントルームみたいなもんだね。一年のうち三百六十四日は使わない部屋よ。その隣が応接室、図書室。そして一番奥、東の端が碇矢家当主の部屋だよ。——いい？夜中でも旦那さまに呼ばれたらすぐに駆けつけること」

あれ？　私、姉の胡桃を世話するために呼ばれたんじゃなかったっけ？　緊急時はその限りにあらずってことかな。

当主の部屋を案内したあと、美樹はきびすを返し廊下を戻っていく。それにしても長い。廊下だけで八十mくらいありそうだ。

その時、急に応接室の扉が開き、中から年配の男女が出てきた。高級そうなスーツの襟《えり》を正しながら、男が口を開く。

「これはちょうどいい。——蒼井さん。さっきゲストルームの下見に行ったんだが、クロゼットのハンガーが足りないんだ。補充しておいてくれないか？」

「はい。承知しました、洋一郎さま」

へえ。この人が副社長の洋一郎か。確か、胡桃の入り婿だ。当主の加州より五才ほど年上って聞いてたけど、なかなか若々しい。トレーニングの成果なのか、筋肉質であることがスーツの上からでも判る。身長は一九〇㎝近くありそうね。

「あら。こちらが新しいメイドかしら?」

隣にいた少し派手っぽい女性が、美樹の後ろに控える私に気づいた。

「はい、彩葉さま。本日より、胡桃さまのお世話をするためにこの屋敷で働くことになった和久井麻琴さんです。——和久井さん、ご挨拶を」

先輩メイドに促され、丁寧にお辞儀をする。

「今日からこちらで働かせていただきます。彩葉さま、洋一郎さま。どうぞよろしくお願いいたします」

「こちらこそよろしくね。胡桃さんは、当主である加州さまの姉であり、こちらにいる副社長の奥さまでもあるのよ。碇矢家の直系の血筋なので、不自由をさせないよう心してお世話してちょうだい」

黄緑色のオシャレなワンピースがよく似合うこの女性が、さっき挨拶した楼葉の母親か。五十代には見えない肌つやだ。衣装にマッチした可愛いお団子《だんご》ヘアがセンスの良さを示している。

「君が和久井さんか。胡桃がこの屋敷に戻ってくる前に私は二階のゲストルームに移るから、妻のことをくれぐれもよろしく頼むよ」

洋一郎が満面の笑みで私の左肩をポンと叩く。碇矢グループの重鎮《じゅうちん》二人に「承知しました。精一杯お世話させていただきます」と告げ、もう一度頭を下げた。

この二人が、さっき社長秘書と話した会議室の中に入ったことを確認して、再び長い廊下を美樹とともに進む。

階段を下りて二階へ。各階とも部屋やドアの基本的な構造は変わらないようだ。

一番西の部屋はシアタールームで、二階から三階部分が吹き抜けになっているらしい。これぞお金持ちの屋敷って感じね。

そのまま東へ移動する。洋一郎が使用するというゲストルームに続くのが、当主の妻の雪奈、娘の安奈の部屋。そして中央部は一階から続く大階段の終着点だ。なんと大階段の周囲には、手すりの高さが一ｍほどの回廊《かいろう》が巡らされ、あらゆる方向からロビーを見下ろすことができた。何ともスケールがデカい。

さらに東へと進むと、最初に挨拶した社長秘書の楼葉、母親で専務の彩葉、続いてその母親に当たる会長の鈴葉の部屋がある。そして東の端が、私が世話をする胡桃と洋一郎夫妻の部屋だ。

一階へと戻る。美樹が「一番西側が調理室兼貯蔵室よ。ここの責任者は小暮《こぐれ》さんというシェフなんだけど、旦那さまの先妻で病気で亡くなった、邦子《くにこ》さんの弟なの」と小声で告げ、ドアを開いた。

なかなか広いスペースだ。私たちの存在に気づいた男性が近寄ってくる。この人がシェフなのかな。

その時、勝手口を誰かがノックした。男性が美樹に「あ、ちょっと待って」と断り、Ｕターンして勝手口の扉を開く。複数の品物を受け取っているところを見ると、相手は業者の人なのだろう。肉や野菜、トマトペースト、オリーブオイルなどが次々と室内に納入される。

あんなにたくさんのオリーブオイルを使うのか。もしかしたらこの人、専門はイタリアンなのかもしれない。

業者が去ったあと、男性は「失礼しました」と云いながら再び近づいてきた。

「ああ。和久井さんですね。小暮寛治《かんじ》です。よろしくお願いします。この屋敷で働くのはメンタル的にしんどいかもしれませんが、何かあれば相談に乗りますから、遠慮なく声を掛けてください」

清潔感あふれる爽《さわ》やかなオジサマって感じかな。こんなに大きな屋敷に雇われているくらいだから、きっと料理の腕は確かなんだろう。「こちらこそよろしくお願いします」と明るく返す。

先輩メイドが「次、行くよ」と素っ気なく告げ、部屋を出る。

「ふん。可愛い娘《こ》が入ってくるといつもこうなんだから」

美樹は不機嫌そうにつぶやいた。あれ？　もしかしたらこの人、シェフに好意を寄せてるのかな。

調理室に一番近い部屋が、今話した小暮寛治の部屋だ。その隣が蒼井美樹、そして私の部屋。大階段をはさんで、配膳室を兼ねるキッチン、ダイニングルーム、リビングルームと並ぶ。リビングの奥にはグランドピアノが置かれ、二階部分はここも吹き抜けになっていた。

リビングの中央で美樹が語る。

「もう一人、この屋敷には馬場《ばば》さんっていう専属の運転手がいるんだけど、先週から療養のため長野に帰省してるんだ。馬場さんは旦那さまのお気に入りでね。年明けには復帰する予定だけど、それまでの移動はタクシーを利用することになってるんだよ。――あっ、あたしたちみたいに、自分のクルマを持ってない使用人はバスを使うんだからね」

なるほど。胡桃の世話をするために私が勤めることになったから、部屋数の関係で臨時の運転手を雇えなかったのかもね。私の雇用期間が二ヶ月なのは、本当はお抱《かか》え運転手の復職時期の関係だったりして。

ひと息つく先輩メイド。大まかな説明は終わったようだ。

住人の部屋割りを聞いた限り、他に若い男性はいないみたい。実は私、ちょっと変わった病気のせいでこれまで男性とお付き合いしたことが無いので、今回の職場では素敵な出会いを期待してたんだけど、どうやら難しそうね。

蒼井美樹が腕組みをしたまま首をひねる。

「何か、質問は？」

「あのう。旦那さまには、後継者というか跡を継ぐお子さんはいないんですか？」

だってこれだけの資産家だもんね。気になるよ。

「そうね。これは伝えておいた方がいいかな。旦那さまには夏威児《かいじ》さんという息子がいたんだけど、何年か前にその跡取り息子が許嫁《いいなずけ》をほったらかして、他の女と駆け落ちしたんだってさ。その後、夏威児さんはアメリカで交通事故を起こして、その女ともども死んじゃったらしい。だから、この屋敷では夏威児さんの話は基本的にNGなんだ。忘れないでよ」

へえ。過去にそんなことがあったんだ。跡取り息子を事故で失うなんて、旦那さまが可哀《かわい》そう。

ん？　ちょっと待てよ。この碇矢邸で当主の息子と年齢的に釣り合いそうな女性が一人いる。

「あのう、先輩。もしかしてその許嫁って——」

「うん。社長秘書の楼葉さんだよ」

＊

ふと湖に面した東の窓に視線を移すと、相模湖周辺の山々が霧にかすんでぼんやりと浮かんでいた。

先輩メイドが突然「大事なことを忘れてた」と、こっちに向き直る。この屋敷では憶えなきゃいけないことが多いな。

「いい？　旦那さまは、生まれつき身体《からだ》が小さいうえに、片足が不自由でいつも右足を引きずっているんだ。鳥にたとえるなら、片方の翼を失ってる状態なんだよ。旦那さまはね、今でもギリシャ神話のイカロスのように大空を飛ぶことを夢見てる。だから来週、出張先から帰国された時に、歩き方とか外見とか絶対に変な目で見るんじゃないよ！」

そうなのか。名高い碇矢グループのワンマン社長って聞いてたから、ジャイアンのような乱暴者を勝手に想像してたけど、空飛ぶことを夢想する小柄なオッサンとは少々拍子抜けだ。

さらに先輩メイドは、碇矢家が所有する土地の歴史も教えてくれた。ここは相模湖を一望できることに加え、相模湖インターチェンジからクルマで十五分ほどの立地で、かつ東京ドーム三十二個分の広さだから、その資産価値たるや計り知れない。

その昔、ある大物プロレスラーが、天女の山と呼ばれていたこの地の南側一帯に、かつてないほど広大なゴルフ場の建設を計画した。土地を買収しゴルフ会員権を販売したあと山林の開発に取りかかったが、その年の暮れになって彼が突然の死を迎えたため、すべての計画は中止され、この土地も売却せざるを得なくなった。何人かの手に渡ったあと、今から六十年前に加州の父、碇矢夏樹がこの土地を購入したのだとか。彼は、広さ四十五万坪の敷地を造成して、屋敷や庭園だけでなく、農園、ゴルフ場、牧場、サイクリングコース、ヘリポートなどを次々に設《しつら》えたという。

ひと通りの説明を受けたあとロビーに出たところで、玄関から二人の女性が入ってきた。蒼井美樹が「雪奈さまと安奈さまだよ」とささやく。

「奥さま、お嬢さま。紹介いたします。こちらは、今日から胡桃さまのお世話をするために屋敷で働くことになった和久井麻琴さんです」

先輩メイドが私のひじを軽く突《つつ》く。

「あ、和久井麻琴と申します。奥さま、そしてお嬢さま。この度こちらの屋敷でメイドを務めることになりました。どうかよろしくお願いいたします」

端正な顔立ちの母親が柔和な笑顔で応える。

「和久井さんですね。伺《うかが》ってますよ。こちらこそよろしくお願いします。横にいるのは娘の安奈で、高校一年生になります。ここではいろいろと窮屈なこともあるでしょうが、どうか仲良くしてやってください」

ホントに素敵な女性《ひと》だ。隣にいた安奈という娘が唐突に叫ぶ。

「――ねえ、蒼井さん！　私、少しこの人とお話ししてもいいですか？」

えっ、私と？

どういうことだろう。何か無理難題を押しつけられるのかな。

「いえ、お嬢さま。私は楼葉さまから彼女の教育係を仰《おお》せつかりました。これから敷地内を案内するところでして――」

「それなら、私が案内します。蒼井さんは自分の仕事があるでしょうから、そちらを優先してください」

「そうですか。承知しました。それではお嬢さま、よろしくお願いいたします」

「ありがとう！」

安奈は私のメイド服の袖を引っ張り、大階段を上っていく。後ろで「安奈、和久井さんに迷惑かけちゃダメよ！」という母親の声が聞こえたが、彼女の耳には入らないようだ。

女子高生は自分の部屋のドアを右手前に開き、私を室内へと導く。

典型的な女の子の部屋だった。壁には、母親と二人で撮った写真や高校の模擬試験学年一位の賞状、大きな世界地図、『ヤタガラスアゲハ』と書かれた黒い蝶々《ちょうちょう》の標本が飾られている。

「あの、お嬢さま。いったい何を――」

「和久井麻琴さん、ですよね？」

「はい」

「横浜の山手に住んでて、ブラフ女学院に通ってた」

「あ、はい。確かに」

どういうこと？　私の履歴書を見たのだろうか。

安奈は矢継ぎ早に質問を繰り出す。

「モンブランは好きですか？」

「はい。大好きです。学校帰りによく元町《もとまち》商店街の『ラ・セーヌ』という洋菓子屋さんに寄って買っていました」

「やっぱりそうだ。――麻琴さん、私のこと憶えてますか？」

安奈が少し首を傾《かし》げる。

ふうむ、ダメだ。まったく見憶えが無い。初対面だと思うけど。

「じゃあ、これを読んでもらえますか？」

そう云って、恥ずかしそうに机の引き出しから古い日記帳を取り出した。

「これを？」

「はい。ええっと。――あ、ここです」

二〇一四年十月十七日（金）

今日はお母さんの誕生日だ。

午後五時頃、仲良しのケイちゃんと別れて自宅に戻る途中、元町商店街の洋菓子店『ラ・セーヌ』のショーケースにモンブランがいくつか残っているのを確認して、引き寄せられるように列に並んだ。

このモンブランは、栗本来の美味しさを味わうことができる人気ケーキとして雑誌にも掲載されたらしい。店内のパネルには『しっとり食感のスポンジの中にカスタードを絞り、粒々マロンダイス入りクリームを重ねた』『たっぷりと使ったマロンあんは甘みを抑えることで栗の風味を引き立てた』などと書かれていたけど、私にはよく解らなかった。

お母さんはケーキの中でも特にモンブランが好きで、「一度だけ『ラ・セーヌ』のモンブランを食べたことがあるけど、どこよりも美味しかった」と云ってたっけ。

私の十一才の誕生日に、お金が無いにもかかわらず無理してフライドチキンを買ってきてくれたお母さん。だから私も、小学生でもこんな素敵なプレゼントができるってところを見せなきゃ。

大丈夫かな。モンブラン、私の番まで残っててくれるといいんだけど。

私を育てるために、いっぱい貧乏していっぱい苦労したお母さん。私が大きくなったら、絶対に幸せにしてあげるからね。

夜間に公共料金や新聞の集金が来た時、室内の光が漏れないよう窓やドアに目張りをしてロウソクで過ごした時期もあったな。ガスを止められて、冬場に水風呂入ったこともあったっけ。

私、今じゃもうすっかり、食べられる草とそうじゃない草を見分けられるようになったもんね。

やっと私の順番になった。

良かった。まだ二つ残ってる。これでお母さんに喜んでもらえる。

ショーケース越しに大きな声でお店の人に注文した。

「モンブランを二つください」

「はい。モンブラン二つね」

ええっと、一個三百九十円で税込四百二十一円だから、二つで八百四十二円か。

——あ、いけない。

財布の中に八百円しか入ってない。

「どうしたの、お嬢ちゃん？　モンブランでいいんだよね？」

「あ、いえ、その——」

どうしようどうしよう。困ったな。

月二百円のお小遣いをぐっと我慢して、お母さんに何かプレゼントしようと貯《た》めた八百円なのに。

今から家に帰ったら、戻ってくるまでに絶対売り切れちゃう。後ろには何人もお客さんが並んでるし。

人気のある店だからオマケなんてしてくんないだろうな。

私はほとんど泣きそうになった。

「お嬢ちゃん。買うの？　買わないの？」

「あ、はい。ごめんな――」

チャリン！

その時、私の斜め後ろで甲高い音が響いた。

振り返ると、五百円玉が落ちている。私の後ろに並んでいたお姉さんのだろうか。

でもちっとも拾おうとしない。音楽でも聴いてるのかな。もしかすると耳が不自由なのかも。

そのお姉さんはとてもきれいな人だった。この制服には見憶えがある。親戚のお姉ちゃんが着ていたブレザーと同じだから、山手本通り沿いにあるブラフ女学院だ。

「あのう。落としましたよ」

私は五百円玉を拾って、そのお姉さんに渡してあげた。するとお姉さんはニコリと笑って腰を落とし、私と視線を合わせた。

「わあ、ありがとう！　お姉さん、その五百円玉が無いととっても困るところだったんだ。ホントに助かったよ。お礼をしなくちゃね。――じゃあこれ、一割だから五十円。どうぞ」

そのまま私の右手に五十円玉を握らせた。

「え、でも――」

「早くしないと、お姉さんが先にケーキ買っちゃうぞ」

そう云って屈託なく笑う。アイドル歌手みたいな可愛らしさだった。

わあ、何だかめちゃめちゃラッキー！

「はい、おじさん」

懸命に背伸びをして、お店の人にお金を渡す。

「じゃあ、これ。お釣りの八円と、モンブラン二つね」

「どうもありがとう」

素早くお礼を云い、周囲の視線を避けるように出口へと向かう。

「ああ。マコトちゃん、ゴメン！　いつものモンブラン、今ので全部売り――」

背後で聞こえる店員さんの声も聞き流し、店の外へ。

あのお姉さんに「五十円あげたんだからひと口ちょうだい」なんて云われないうちに、ダッシュで家に帰ろう。

それにしても今日はツイてたな。あのマコトさんってお姉さんのおかげだけど、これも店の中で私が五百円玉を拾ってあげたからだもんね。

良い子にしてるとこんなこともあるんだな。神さま、素晴らしい一日をどうもありがとう。

お母さん、早く帰ってこないかな。


その日の余白部分には、赤いボールペンで丸っこい文字が書き加えられていた。

『二〇一九年十月三十一日（木）。明日から和久井麻琴という名前の新しいメイドさんがこの屋敷で働くことになったらしい。履歴書に二十一才と書いてあったから、五年前は十六才で高校生だったはず。名前もマコトで同じだし、もしかしたらあの時のお姉さんかもしれない。もしそうなら五年前のお礼をちゃんと云わなくちゃ』

その日記帳を読んで、私はすっかり五年前の出来事を思い出した。あの時の小学生だったのか。

「私のこと、思い出しました？」

目をクリクリさせながら、安奈は私の顔をのぞき込んだ。

「そう云えば、そんなことがありましたね」

不思議な縁だな。あの時の私と同じ年齢になった少女とこうして再会できるなんて信じられない。

「五年前のあの日。麻琴さん、ケーキの代金が足りなくて困ってる私の前で、わざと五百円玉を落としたんですよね？　本当にありがとうございました。私、まだ子どもだったから、麻琴さんの真意に気づけなくて――」

「いいんですよ、そんなこと」

別にお返しをしてほしくてあんなことした訳じゃないし、こうやってお礼を云ってもらえるだけで充分よ。

「二年前にお母さんが、碇矢家の当主だったパパと再婚して、今は私たちこの屋敷に住んでるんです」

お母さんの雪奈さん、美人だもんね。過去のことは判らないけど、良縁に恵まれて良かった。

「じゃあ、お嬢さま。今は幸せなんですね？」

「確かにお金には困らなくなりました。ひもじい思いをしなくてよくなったので、ありがたいと思ってます。でも私は、貧乏だったけど、お母さんと二人で暮らしていたあの頃の方が好きでした」

「でも、いずれはお嬢さまも碇矢家の財産を相続されるんでしょうから」

何にしてもうらやましい話だ。

「さあ。そういうことはよく解りませんけど、私は生まれてすぐに両親が離婚して、父親の愛情を知らずに育ったので、新しいパパが私をとても大事にしてくれることにいつも感謝しています」

あの時泣きべそかいてた少女がこんなに礼儀正しく、可愛らしい女子高生になっていたなんて、何だか感動的だ。

「本当に立派になられましたね、お嬢さま」

「あのう。その『お嬢さま』はやめてもらえませんか？」

困り顔で首を左右に振る碇矢家の令嬢。でも、これぱかりは譲れない。

「いえ、それでは私が困りますので」

「麻琴さんがそう云うのなら仕方ないですね。解りました」

安奈は残念そうな表情を見せたが、すぐにまた笑顔に戻った。私との再会を心から喜んでくれているようだ。

「ところで、お嬢さま。今日は学校に行かなくていいんですか？」

「私の高校はオンライン学習がメインで、そもそも制服も無いんですよ。学校では生物部に所属してるので、部活のために週イチで登校しています。ここって都心から遠いでしょ？　寮住まいも考えたんですけど、パパがこの屋敷を出ることを許してくれなかったもので」

へえ、生物部なんだ。私も小学校の時、担当は生き物係だったな。

ふと、大好きな三人組バンド『いきものがかり』が歌う『ブルーバード』という曲が頭に浮かんだ。もしかしたら、チルチルとミチルが探していた幸福の青い鳥を、この少女は見つけたのかもしれないな。

安奈が不意に、真剣な表情になる。

「あのう、麻琴さん。この屋敷は呪われているという噂があります。お母さんが二年前からずっと、寝る前に睡眠薬を飲んでるのは、怖い人がいっぱいいるせいかもしれません。——でも、安心してください。どんな時も私が絶対に味方になってあげますから」

「まるで魔物の巣窟《そうくつ》みたいな云い方ですね」

何やら背筋に冷たいものが走る。そう云えば、さっき挨拶した小暮っていうシェフも似たようなことを云ってたな。もしかしてここは伏魔殿《ふくまでん》なのだろうか。

＊

安奈は自ら電動カートを運転して、敷地内を案内してくれた。広大な庭園やゴルフ場、牧場、農園の脇を、それぞれ説明を交えながらゆっくりと進んでいく。敷地内の牧場や農園で働く人たちは毎日ここまで通っているらしい。

そして、ひと山越えたところにあるヘリポートに到着した。ここが敷地内で屋敷から一番遠い施設だ。場所によってはヘリコプターの騒音が社会問題になったりするけど、これだけ充分な広さが確保されていれば大丈夫ね。

利用する頻度があまり高くないせいか、この時間ヘリポートには誰もいなかった。カートに乗ったまま遠目にヘリを確認する。

想像していたよりずっとデカい。安奈が、碇矢家が所有するヘリコプターは人を運ぶためのものなので四人乗りなのだと教えてくれた。

「麻琴さん、知ってますか？　ヘリコプターの操縦席ってクルマと逆なんですよ」

そう云えば、テレビの再現ドラマとかでたまに見るけど、旅客機のコクピットでも機長は左側に座ってたな。確かにクルマとは逆だ。

「それにしても、この鉄の塊が空を飛ぶなんて信じられません」

私が肩をすくめるのを見て、令嬢は静かに微笑んだ。

「そうですね。私はそれ以前に、高いところは基本的にパス。湖に面した崖の上にあるコンビニの駐車場から下を見るのもちょっと――」

「解ります。翼のある飛行機と違って、ヘリコプターは上空でエンジンが止まったらアウトでしょうから」

だってヘリコプターの回転翼が止まったら、それこそ鉄の塊だもん。墜落するしかないよね。眉をひそめる私を見た安奈は、やさしく両掌《りょうて》をこっちに向けて「大丈夫」とうなずいた。

「エンジンが故障してもすぐに墜落しないよう工夫されてるんですよ」

安奈によれば、エンジンと回転翼を切り離すことにより、カエデの種子が風を受けてクルクルと回転しながら舞い降りるようにゆっくりと降下することができるらしい。

へえ、うまくできてるんだな。

「お嬢さまには笑われるかもしれませんが、私は万一の場合を想像したくないので、旅客機みたいに外が見えない方がいいかも」

苦笑いする私に、碇矢家の令嬢は愉快そうに「同感です」と応えた。

ヘリポートからの帰り道。安奈はカートで、敷地を取り囲むコンクリート塀に沿って走りながら、この塀の上部には外向きの監視カメラが等間隔に設置されているのだと教えてくれた。

興味本位で「この広さだから台数もすごいんでしょうね」と訊《たず》ねると、安奈が記憶をたどるような仕草で応答する。

「一度数えようとして、三十くらいで挫《くじ》けました。敷地に入る門は二ヶ所あるんですけど、そこには何台ものカメラが厳重に見張っていて、何かあれば警備会社がすぐに駆けつけることになっているとか」

「お金持ちあるある、ですね」

警備コストが半端《はんぱ》なさそう。

「もちろん敷地内だって、牧場や農園、ゴルフ場のクラブハウスなど数ヶ所に設置されてるんですよ。屋敷にも二台設置されています。確か、一台は玄関の外側。一台は玄関の内側で、ロビーの辺りを撮ってるはず」

え？　気づかなかった。じゃあ、私が最初に屋敷に来た時も撮影されてたのかな。変な振る舞いはしてなかったと思うけど。

気になるのは、なんでそこまで外向きのカメラが多いのかってことね。外敵を警戒しなければならない理由があるのかな。それとなく安奈に訊いてみた。

「詳しくは知りませんが、パパが仕事で大規模なレジャーランドやゴルフ場の開発を進めてるから、環境破壊に反対する人たちが不穏《ふおん》な動きを見せているらしいんです。労働環境の悪さや人遣いの荒さから、碇矢家に恨みを持つ人たちやその遺族もいるとか。碇矢邸には、開発事業の犠牲になった人たちの怨念が渦巻いてるんですよ」

「何だか物騒ですね。――でも、屋敷には二台だけで大丈夫なのでしょうか。旦那さまのお部屋は三階にあるんですよね？」

玄関から遠く離れた場所にいる当主に何かあったらどうするんだろう。

「敷地内に誰も侵入させないことを最優先にしてるんですよ。邸内で暮らす住人たちのプライバシーにも配慮してるんでしょうね。――それにパパなら大丈夫。世間一般の常識を超えた人だから」

どういう意味だろう。常識外れの変人ってことかな。歴女《れきじょ》の私としては、若い頃の織田信長《おだのぶなが》みたいな人物を想像してしまうけど。

安奈が、思い出したように助手席の私に視線を送る。

「あ、そうそう。蒼井さんから聞いてるかもしれませんが、この近辺は夏場に湖畔で花火遊びをする若者が多くて、結構うるさいんですよ。特にロケット花火とか大きな音がするでしょ？　パパの部屋は東の端で湖側だから以前そのことで激怒したことがあるらしくて、屋敷の外壁や窓は防音機能が強化されてるんです。だから夏場もぐっすり眠れますよ」

「――あのう、お嬢さま。私の雇用期間は年末までの二ヶ月間だけなんです。ご心配いただきましたが、夏場を過ごすことはないかと」

安奈の顔色が変わる。

「ええっ、そうなんですか？　麻琴さんにはできるだけ長くこの屋敷にいてほしいです。何とかなりませんか？」

「申し訳ありませんが、そういう契約ですので」

＊

十一月五日（火）。

昼過ぎに一台のクルマが邸内に入り、玄関の前で停まった。ワゴンタイプの白い車両で、側面には『三田義塾大学病院』とペイントされている。事前に連絡を受けていたので、しばらく前から蒼井美樹とともに玄関脇で待機していた。

後部のスライドドアが開き、白衣の女性看護師に続いてワンピース姿の上品な女性が降りてきた。まさにVIP待遇だ。この人が碇矢胡桃、当主のお姉さんか。先輩メイドの話では、およそ一年ぶりの帰宅になるらしい。

車椅子を用意しようとする看護師に「お構いなく」と笑顔で告げる胡桃。

「おかえりなさいませ、胡桃さま」

先輩メイドが素早く駆け寄って、右の腕をとる。私もそれに倣《なら》い左腕を支えた。

「ああ、蒼井さん。ありがとう。何度か見舞いに来てくれたわね」

その声は余命宣告を受けた病人とは思えないほど力強いものだった。穏やかな表情と澄《す》んだ瞳は、良い意味で私の予想を裏切った。

「はい。お元気そうで安心しました」

「――こちらの方は？」

そう云って胡桃は私の方に視線を移した。すかさず美樹が反応する。

「ああ、失礼しました。今月から、胡桃さまのお世話をさせていただくために屋敷で働くことになったメイドです」

「あの、和久井麻琴と申します。どうぞよろしくお願いいたします」

一緒に玄関を抜けながら挨拶を済ませる。胡桃は「よろしくね、和久井さん」と誠実そうな笑顔を返してくれた。

そのままエレベータで二階に上がり、一番奥の部屋へ。そもそも夫婦二人で使っていた部屋だけあって、ここは他の部屋よりひと回り広い。

胡桃が室内に入ったことを確認した看護師は「私どもはこれにて失礼しますので、よろしくお願いします」と云い残し、部屋から去っていった。美樹も「それじゃあ、あとはお願いね」と告げて自分の仕事に戻る。

申し訳なさそうな表情で私を見る胡桃。

「こんな病人の世話を押しつけちゃってごめんなさいね。できる限り自分でやるつもりだから」

「いいえ。これが私の仕事ですので、何でも遠慮なくおっしゃってください」

私が笑顔で応じると、胡桃は安心した表情で「ありがとう」と告げた。

当面、夫の洋一郎は同じフロアのゲストルームを使用することになっている。その代わり、昼夜を問わず私ができるだけそばにいて彼女の面倒を見るのだ。すでに私のための簡易ベッドが部屋の隅にセッティングされていた。

これまで見たところ胡桃の健康状態に問題は無さそうだけど、末期がん患者特有の症状を想定して応急処置や喀痰《かくたん》吸引のシミュレーションはしておこう。

　昼食をまだ済ませていないと連絡を受けていたので、あらかじめ用意していた軽食と飲み物を彼女の部屋に運び入れた。

「胡桃さま。あらためて、ご退院おめでとうございます」

　当主の姉は窓の外を見つめているのか、何も応えない。具合でも悪いのだろうか。

「すみません。何か失礼がありましたか？」

「あ、ごめんなさい。そうじゃないの。自分の部屋に戻ってきたことが嬉しくてね。少し感傷的になっちゃったかな」

　胡桃が照れ笑いを浮かべる。可愛らしい笑顔だった。

「食事の前に、もう少し楽な服に着替えたいんだけど」

「はい。承知しました。新宿《しんじゅく》からずっとおクルマじゃさぞお疲れでしょう」

「ホントに肩が凝《こ》るわ。クルマの中なんて誰も見てないんだから、ジャージのままでいいのにね」

　胡桃は立ちあがり、愉《たの》しそうに笑った。長い入院生活のせいでこの人は会話や笑いに飢えているのかもしれない。時間が許す限り、私が話し相手になってあげよう。

　ワンピース姿の胡桃の背後に回りこみ、「失礼します」とひと声掛けて、背中のファスナーを下ろす。

　わあ、生地が全然違う。これぞ高級品。まさにラグジュアリーな午後だ。

「はあ、楽チン。こんなこと誰にも云えないけど、このまま裸で歩き回りたいくらいよ」

「大丈夫ですよ。そういう時は私、後ろを向いてますから」

「あら、いいわよ。女同士なんだから」

屈託なく笑う碇矢胡桃。

何だか事前のイメージと違う。伏魔殿にはそぐわない人だ。

――ん？　何だこれ？

「あのう、胡桃さま。これは手術痕か何かですか？」

左右の肩口に大きな傷痕があった。とても痛々しい。

「ああ、それね。あれは私が四才の時だから、もう五十年以上前になるかしら。この屋敷の庭で遊んでる時、イヌワシに襲われたことがあるの。さすがに十五kgの体重は持ちあげられなかったみたいだけど、一mくらい浮いたのよ。あの時の感覚は今でも憶えてるわ。すぐに助けてもらったんだけど、あれは怖かったわね」

そりゃ怖いだろう。いくら過去の話でも、よく笑顔でそんな話ができるな。

イヌワシは見た目の大きさに加え、性格が獰猛《どうもう》で、しばしば自分より大きな獲物を狙うと聞いたことがある。この辺りに姿を見せたってことは、迷い鳥として飛来したのかもしれない。

「ご両親が助けてくれたんですか？」

「それがね、母はその時陣痛が始まって、相模原の橋本五差路《はしもとごさろ》病院というところにいたのよ」

ブラウスを着用した胡桃が、説明しながらカーディガンに袖を通す。

「お父さまも病院へ？」

「父は確か、沖縄で重要な会議に出席してたんじゃなかったかしら。私は屋敷で留守番をしてる時に襲われたの」

「へえ。思ったより猛禽類《もうきんるい》って賢いのかもしれませんね」

「そのタイミングを狙った訳じゃないだろうけど、不思議な縁だと思うのよ。その時生まれた子は片足が不自由で、小さい頃から『鳥になりたい。イカロスのように空を飛びたい』と云ってたから」

あ、そっか。その子が現当主の加州なんだ。

軽装になった胡桃はゆっくりと前に進み、食事を用意したテーブルにたどり着いた。後ろからそっと椅子を押して差しあげる。彼女は「いただきます」と両手を合わせて、シェフが作った食事を美味しそうに口に運んだ。

そんな姿を見ながら、胡桃の半世紀前の体験を想像してみた。

イヌワシは、背後から胡桃の身体を文字通り鷲《わし》づかみにし、そのまま連れ去ろうとする。鋭いカギ爪が両肩にがっちりと食い込んでいたが、駆けつけた碇矢邸の人々によって何とか救出された。大事には至らなかったものの、胡桃は肩から背中にかけて大ケガを負い、こうして痛ましい傷痕が残ってしまった。

——そうか。

碇矢家の人たちが外敵に対して必要以上に神経質になっているのは、この出来事も影響しているに違いない。敷地外からの攻撃に備えよってことなんだ。

＊

「和久井さん。良かったら一緒にお茶しましょう」

もちろん断る理由は無いので、食事を済ませた胡桃の前にティーカップを二つ置き、紅茶を淹《い》れる。

「私たち碇矢家の人間の名前って変わってると思わない？」

「はい。旦那さまのお名前を最初に伺った時は、思わず訊き直してしまいました」

「父の夏樹はナッツ農園で成功して財を築いたの。自分の名前に『ナツ』が含まれていることに何か感じるものがあったんでしょうね。縁起を担《かつ》いだのか、自分の子どもにもナッツの名前を付けたのよ」

「胡桃さまはともかく、旦那さまもそうなんですか？」

「カシューナッツよ。当時、父はアメリカの西海岸にも進出していたから、『カリフォルニア州』の意味を兼ねたのかもしれないわね」

「なるほど」

「加州が生まれたのは七月二十二日でね、後々この日が『ナッツの日』に制定された時、父は誰よりも喜んでいたわ」

ふむ。七・二・二で『ナッツ』って語呂合わせかな。

「そして父は加州の子どもたちにもナッツの名前を付けた。先に生まれた女の子には栗栖《くりす》、あとから生まれた男の子には夏威児って名づけたの」

「度々すみません。栗は解りますが、夏威児さまの方がちょっと――」

「私もよく知らないんだけど、マカダミアナッツを漢字で書くと『夏威児果』なんですって」

へえ。夏威児ってマカダミアナッツのことなのか。この、夏樹って人はなかなかの変わり者だな。

「徹底してるんですね」

「そう。ナッツの名前を冠しているのは、碇矢家直系の証らしいわ」

何となく、横浜の家系ラーメンを思い浮かべる。ナッツの名前だとそろそろネタが尽きそうだ。次はアーモンドとかピスタチオだったりして。

ふと、カップを持つ胡桃の手が止まった。

「私には子どもがいなくて、加州の子も、栗栖は生まれてきた夏威児と入れ替わるように病死し、その夏威児も数年前に自動車事故で死んでしまった」

先輩メイドから聴いた話と同じだ。これが呪われた一族の所以《ゆえん》か。

「旦那さまにはまだお会いできてないのですが、明日海外出張からお戻りになると聞いています」

「加州もね、過去にはいろいろあったのよ」

「ずっと片足が――」

あ、いけない。触れてはいけない話だった。

「加州は小学生の頃から、その身体的特徴のせいでいじめられていたの」

「クラスメイトから？」

「ええ。体育の徒競走の時間に、クラス全員の前で派手に転んだことがあったらしくて、その頃から加州は学校で『コケ男《お》』と呼ばれるようになったとか」

そう云って袖口で涙を拭《ぬぐ》う胡桃。

確かに幼少期のニックネームって顔や身体の特徴を示すことが多く、しかも子どもは相手に気を配ったりオブラートに包んだりしないから、本人にとってはそれがコンプレックスになったりすることが少なくない。

私は小学生の頃、毎朝誰よりも早く登校していたから『朝マック』って呼ばれてた。当時メジャーリーグや北米独立リーグで活躍していた鈴木《すずき》誠《まこと》選手が『マック鈴木』と呼ばれていた影響もあったのだろう。給食の配膳の時には何度も「店内でお召しあがりですか？」とか「ご一緒にポテトはいかがですか？」ってからかわれたっけ。

胡桃が顔を上げる。

「ねえ、和久井さん。あなた、大学には行かなかったの？」

「あ、いえ、その。一応行ったんですけど中退いたしまして」

「専攻は？」

「えっと、環境情報学部です」

「じゃあ環境問題に詳しいのね」

詳しくないよ。一年ちょっとで中退してんだから。ヤバい。ダメ学生だったことがバレてしまう。

胡桃はじっと私の目を見た。

「私はね、大学を出たあとで環境問題に興味を持ったの。だからすべて独学なのよ。加州のやり方にどうしても納得できなくてね」

なんて立派な姿勢なんだろう。高校時代に介護福祉士の資格を取りながら、男女共学の総合大学に憧れて東京の大学を受験した私とは大違いだ。

「和久井さん。地球の平均気温がこの百年で一度近く上昇していることは知ってるかしら？」

「はい。いわゆる地球温暖化ですね」

「そう。じゃあ、どうして温暖化が進んでいるか説明できる？」

何それ？　ほとんど大学の講義じゃん。

でも、さすがにこれは憶えてる。

「はい。そこには『温室効果ガス』の存在が大きく関わってます」

目の前の女性が大きくうなずくのを確認し、話を進める。

「通常、太陽からの熱により地球の表面が温められ、その熱は夜になるとまた宇宙へと放出されます。そうやって気温は上がったり下がったりを繰り返すのですが、この時重要な役割を担っているのが温室効果ガスです。温室効果というくらいですから、文字通り熱の放出を抑えている訳ですね。この温室効果ガスが適切であれば、地表の温度は、人間が住みやすい十五度から二十五度くらいに保たれます」

「そうね。水星のように温室効果ガスが存在しない惑星では、昼の気温は四百度、夜はマイナス二百度といった世界になるわ」

胡桃は薄く笑って、ティーカップを口に近づけた。

「そして今、地球上の温室効果ガスが増加しているために、熱が宇宙に放出されることなく、地表にとどまりすぎて気温が上昇している。これが地球温暖化のメカニズムです」

何とか説明し終えた。緊張と興奮でのどが渇《かわ》く。冷めた紅茶を一気に流し込んで、気持ちを落ち着かせた。

「素晴らしい。さすがに大学で学んでいただけのことはあるわね」

胡桃が目を細めて強調する。

「温室効果ガスは二酸化炭素が全体の四分の三を占めるから、端的《たんてき》に云えば、温暖化を防ぐには二酸化炭素を減らせばいいということになる」

「そうですね」

異論は無い。

「じゃあ、和久井さん。大気中に存在している二酸化炭素の割合はどれくらいか知ってる？」

「ええっと、二十％くらいでしたっけ？」

確かそう記憶してる。

「残念でした。二十％は酸素よ」

そっか。思い出した。窒素と酸素だけで百％近く占めるんだ。

「――答は、〇・〇三％」

〇・〇三％？　そんなに少なかったっけ？

胡桃が眉根を寄せる。

「たった〇・〇三％の二酸化炭素が『増えた』『減った』と、地球規模で大騒ぎしてるのよ。いかに私たちが生活するこの地球《ほし》が繊細なのか解るってもんだわ」

「本当にそうですね」

「ちなみに最近の専門書では、温室効果ガスの増加を反映しているせいか、〇・〇四％と記載されることが多くなってるわね」

胡桃が唐突に私の肩をつかんだ。すごい力だ。

「私はね、和久井さん！　神奈川の海や山、そして湖を守りたいの！」

「胡桃さま」

「大規模な開発行為は、秩序ある生態系を破壊するわ。それは巡り巡って私たち人間へと跳ね返ってくる」

「同感です。地球はひとつの生命体だという考え方があります。その観点では、環境破壊は自分の身体を傷つけるのと同じ。小さなキズなら自らの治癒《ちゆ》能力で治せるけど、大きなダメージの修復には何百年、何千年とかかってしまう。結局、この地球《ほし》に棲む生き物すべてが傷つくことになります」

これは『ガイア理論』と云って、ほぼ私のパートナーからの受け売りだ。

「そう。環境破壊は天に向かって唾を吐くようなものなのよ」

「私たちは地球に、そして大自然に生かされていることを忘れてはいけませんね」

私の発言が琴線《きんせん》に触れたのか、胡桃の言葉に力がこもる。

「和久井さん、聴いてちょうだい！　どうやら加州はまた新たな開発計画を立てているらしいの。手つかずの自然を破壊して、これまでにない型破りなテーマパークを建設するのだとか。そこに生存している野生動物や植物、昆虫、鳥たちが絶えてしまうかもしれない！」

この人の目は真剣だ。

「さらに、加州が新たにバードマンラリーを企画しているという噂も聞くわ。動力をまったく使わず、人間と風の力だけで大空を飛ぶコンテストらしい。そのイベントのために、またどこかで森や海が荒らされ自然が失われるに違いない。そもそも人間が自分の力で空を飛ぶなんて、神さまの怒りを買うだけよ。きっと災いが起こる。大きな事故が起こる！」

「人間が空を飛べるとは思いませんけど」

胡桃は目を潤ませながら、私の手を握った。

「ねえ、和久井さん！　あなたにこんなことを云うのは筋違いだと解ってるけど、無理を承知でお願いするわ。もしこの先、加州が暴走して自然環境を破壊し、世間さまに迷惑をかけるようなことがあれば、何とかして阻止《そし》してほしいの！　碇矢家の汚れた血はどこかで止めなければならないのよ！」

＊

ねえ、起きてる？

（ん？　何だ、麻琴か）

ゴメン。寝てた？

（当たり前だろ！　何時だと思ってんだよ）

あのさ、ちょっと意見を訊きたいんだけど。

（冗談じゃない。俺は忙しいんだ！）

今度、図書館行くの付き合うからさ。橋本の図書館にマリリン・ボス・サバントの新しい論理パズル本が入ったらしいよ。

（ホントか？　絶対だぞ。嘘ついたら許さないからな）

麻琴ちゃんを信じなさいって。

（――で、何を訊きたいんだ？）

第2章 イカロスは大空へ

二〇一九年十一月六日（水）。

「和久井麻琴と申します。よろしくお願いいたします！」

午後になって海外出張から帰ってきた碇矢加州を、屋敷の玄関前で出迎えた。先輩メイドが所用で外出していたため、一人きりで少し心細い。

タクシーの後部座席から出てきた当主は、高さ七十㎝ほどの大きなスーツケースをリアトランクから降ろしてもらい、キャスターを使ってこっちに近づいてきた。背が低いのでまるでスーツケースが歩いているように見える。無愛想で強面《こわもて》の中年男は、美樹や胡桃が云う通り、確かに右足を引きずっていた。

「ふむ。姉さんの世話をする娘《こ》だな。ご苦労ご苦労。姉さんとは意見が合わないから、療養に専念してくれるのは結構なことだ。春に余命宣告を受けているからもう長くはないだろうが、良い形で送り出してやりたいのでよろしく頼むよ」

廊下の西端まで付き添ったところで「あ、ここでいい」と云い残し、加州はエレベータに乗った。扉が完全に閉まるまで深々と頭を下げる。

それにしても——。

何なの、あの口ぶり！　まるで実の姉に早く死んでもらいたいみたいじゃない！

ホント嫌な感じ。

もっともこっちは期間限定のメイドで、碇矢家の当主にとっては吹けば飛ぶような存在だろうから、関係ないけどね。そもそも胡桃の世話で呼ばれた私が加州と多くの接点を持つことになるとも思えないし。

夕食時に胡桃をダイニングルームに連れていくと、あとから姿を見せた加州が姉の席まで近寄ってきた。

「やあ、姉さん。久しぶり。思ったより元気そうだね。この分ならあと百年くらい生きられるかな？」

胡桃が「あたしゃ妖怪か」と苦笑する。

どういうつもりなんだろう？

血を分けた姉と久々に会ったんだ。もうちょっと云い方ってものがあるだろうに。ここは魔物が棲《す》む屋敷だから、その主《あるじ》も心がひねくれているようだ。

夕食の間ずっと、加州はオーストラリア出張で体験した大規模レジャー施設の評価について語っていた。俺ならこうする的な話ばかりだ。胡桃以外のダイニングルームにいる全員が、緊張した面持《おもも》ちで当主の話に耳を傾けていた。

食後、ティーカップに紅茶を注ぎ終えたタイミングで、加州は「ちょっと聴いてくれ！」と声を張った。

「改まってどうしたんですか、加州さま？」

副社長の洋一郎が合いの手を入れるように反応する。

この屋敷では、碇矢加州のことを『社長』と呼ぶ者はいない。自ら社長秘書を名乗る楼葉でさえそうなのだ。

理由は簡単。大事なのは『社長』という肩書ではなく、『加州』その人だからだ。彼らが敬意を払うのは常に加州個人に対してなのだ。つまりこう云いたいのだろう。社長の代わりなど山ほどいるが加州は一人しかいないのだと。

この狂信的な考え方がこの屋敷では見事なまでに徹底されている。小さな独裁国家のようなものだ。初日に安奈が「貧乏だった頃の方が好きだった」と語った気持ちが何となく理解できた。

加州がひとつ咳《せき》を払う。

「来年の夏に『イカロスラリー』というイベントを開催しようと思う」

「イカロス、ですか？」

専務の彩葉がオウム返しに訊ねる。入院中の胡桃が知っていた企画を彩葉が知らないはずはないから、たぶんネーミングに驚いたんだな。

「ああ、そうだ。ギリシャ神話に登場するイカロスのように大空を自由に飛ぶんだ。このイベントはまさに大空との闘いであり、人間の可能性を追求する舞台でもある。夢と希望を翼に乗せて、誰よりも遠くに飛ぶ。きっと素晴らしいヒューマンドラマとなるに違いない。テレビ局ともすでに話を進めている。夏休み期間の特別番組だ。大きな事故が無ければこれから毎年実施したいと思う」

「加州さま、場所はどちらで？」

社長秘書の楼葉が身を乗り出した。切れ長の目が輝いている。

「海の近くは天候や風向きが読めないので、思い切ってここ相模湖で開催しようと考えてる。崖の上を走る道路に、碇矢グループが経営するコンビニがあるだろ？　大型トラックが数台停まれる駐車場を備えているところだ。そこが湖面からちょうど十ｍの高さにあるんだ。その一帯を、迷宮の塔に見立てたプラットフォームとして整備し、そこから大空へと飛び出す」

「あの、湖に突き出したコンビニですか？」

おそらく楼葉は助走スペースの心配をしているのだろう。

「そうだ。敷地が足りなければコンビニをつぶしても構わん。あの、湖面から十ｍという立地は捨てがたい」

敷地の問題もあるけど、インターチェンジが近いので周辺の交通渋滞も気がかりだ。碇矢家の当主はおもむろに立ちあがった。

「私はこの五十年間、ずっと空を飛ぶことを夢見てきた。片足が不自由な男のひがみだと云われても構わない。幼少期から憧《あこが》れていた世界を自分の手で実現できるんだ。『動力をいっさい使わず己の力だけで大空を飛びたい』と願う若者たちの背中を押してあげられるような大会にしたい」

「あなたの夢が叶《かな》うんですね」

妻の雪奈はそう云ってティーカップを口に運んだ。

「何だかジブリ映画に出てきそう」

娘の安奈が両手を合わせたまま目を閉じる。

「まさにその世界観だよ。大空を舞うのは、『風の谷のナウシカ』に出てくるメーヴェのようなフォルムの軽量無尾翼機だ。イカロスラリーというくらいだから、ヒトが飛ぶイメージを大事にしたい。もちろん一番遠くまで飛んだ者が優勝だ。第一回の記念大会だから、優勝賞金は五百万円にする！」

ダイニングルームに軽いどよめきが起こる。

「今や世の主流となった航空機は風を切り裂いて飛ぶ。だが、イカロスと化した若者たちは風に乗って飛ぶんだ！」

加州はそう云って、分厚いテーブルを右手でドンと叩いた。これに呼応するように複数の拍手が起こる。

ふうむ。イカロスラリーか。

自分の夢を実現したいという感情だけで、こんな大掛かりなイベントを開いちゃっていいのかな。近隣の住民が迷惑するんじゃないだろうか。

「――反対です！」

声の主は胡桃だった。射抜くような眼差しを実弟に向けている。彼女のひと声で、即座にその場は静まり返った。

「そのプランは危険すぎます。大きな事故があってからでは遅いわ。お願いだからやめてちょうだい！」

そう切願する胡桃を見据え、加州は薄く笑いながら再び腰を下ろした。

「姉さんは子どもの頃、鳥に襲われた経験がトラウマになってるだけだよ。俺の企画をそういう色メガネで見てほしくないね」

「話をすり替えないで！　そもそも無尾翼機は設計が難しいし、機体の安全性を保つのが大変なのよ。水平尾翼が無いから、フラットスピン状態になったらまず自力回復できないわ」

へえ。飛行機のこと詳しいんだな。私には、胡桃の話の半分くらいしか理解できなかった。

加州が「いやはや」とつぶやきながら肩をすくめる。

「何云ってんだよ。無尾翼機は、後ろに尾翼が無いから狭いプラットフォームでも発進しやすく、軽量化が容易で地面効果も高いので湖面を飛ぶには最適なんだ。俺は長距離飛行達成の可能性を秘めてると思うよ。そもそもプラットフォームの高さは十mだから、何かトラブルがあってもすぐに着水する。大きな事故にはならないよ」

加州は全員の顔を見回して、「私の云う通りに進めれば何も問題は無い。これはもう決定事項だ！」と胡桃の意見を一蹴《いっしゅう》した。

結局、副社長の洋一郎、専務の彩葉、社長秘書の楼葉だけでなく、妻の雪奈と娘の安奈も加州の意見に反対することは無かった。

これが碇矢家の、いや加州のやり方なのか。ここではすべてが加州の独断で決まるということを嫌というほど認識させられた。

胡桃は不服そうな表情を浮かべていたけど、『イカロスラリー』の開催は事実上決定してしまったようだ。本来は取締役会とかで決めるべきものだろうが、このメンバーじゃ結果は同じことだろう。

「それともうひとつ！」

加州はさらに話を進める。胡桃以外の全員があらためて居住まいを正した。

「横須賀市《よこすか》が管理している東京湾最大の無人島を丸ごと譲り受け、島全体をレジャー施設にすることを計画している。広さは東京ドームの一・二倍で周囲は一・六㎞と、ちょうど良い規模だ。横須賀中央駅から徒歩圏内の三笠《みかさ》桟橋より乗船して十分、都心から一時間ほどだからアクセスも良い。まだ政府や神奈川県、横須賀市と調整段階だが、これを『ラピュタ・アイランド』建設計画として、リニア中央新幹線が開業するまでにテーマパークをオープンさせるよう、社内でプロジェクトチームを発足《ほっそく》させたい」

両手を翼のように広げて意気揚々と語る碇矢加州。その表情は自らに酔っているようにも見える。

「文字通り、手を広げすぎだわ！」

またまた胡桃が異を唱えた。この人の信念は固い。

「そんなことは無いよ。ナッツ農園で成功した父さんの事業を、俺はこういったレジャー開発へとシフトさせながら、さらに発展させてきたんだ。姉さんも知ってる通り、俺が手掛けた事業は例外なく成功し、碇矢グループは巨万の富を築きあげた。俺は失敗しない。これからも俺が云う通りに推し進めていけば、皆が幸せになるんだ」

加州の方針はいささかもブレない。これをカリスマ性と認めているから、この場にいる連中は『加州さまの血は絶対だ』とか『加州さまに従えば間違いは無い』などと考えるのだろう。

当主は余勢を駆って『ラピュタ・アイランド』構想のコンセプトを滔々《とうとう》と語り続ける。長い演説に疲れてしまったのか、体調が芳《かんば》しくないのか、胡桃は力なく首を左右に振ったあとうなだれてしまった。

そんな胡桃の様子を心配して顔色をうかがっていると、全員に向かって「本件について意見があれば誰でも云ってほしい」と語りかける加州と一瞬目が合ってしまった。

「何でもよろしいのでしょうか？」

意を決してそう訊ねると、当主は「ふむ」と応じた。私の隣に立っている先輩メイドが、小声で「おい、やめろ」とささやく。おそらく加州は形式的に発言しただけだろうけど、一介のメイドでもしゃべっていいのならせっかくなので質問させてもらおう。

「ありがとうございます。今おっしゃった無人島というのは、東京湾ののどもとに浮かぶペリー島のことでしょうか？」

「そうだ。幕末に黒船を率いてやってきたマシュー・ペリーがその島を見て気に入り、自分の名前を付けたと聞いている。それがどうした？」

不機嫌そうに加州が返す。

「あの島は自然島です。かつて旧日本軍の要塞として使用され、一般人の立ち入りが制限されていたペリー島には、豊富な自然や歴史遺産が残されており、今も珍しい鳥や昆虫が生息しています。レジャーランド化を進めると環境面で影響が出そうですが、大丈夫でしょうか？」

瞬間的に専務の彩葉がこっちをにらむ。私、何かいけないこと云ったかな。

「君は確か――」

「はい。今月からメイドとして働くことになった和久井麻琴です」

「この程度の開発が環境に影響を与えることは無い！」

加州は横を向いたまま云い放った。

影響が無い？　そんな訳ないじゃん。何を根拠にそんなこと云ってんだろう。

「島を丸ごとレジャーランドにすれば、多くのゴミが東京湾に流出するのではないでしょうか？　ビニール袋やペットボトル、ストロー、カップなど、海洋に投棄されたプラスチックゴミは自然界には吸収されません。長い時間をかけて細かくなっていく訳ですが、こういった小さなカケラを有害な物質だと認識できない小魚は餌《えさ》と間違えて口にする。消化されないプラスチックは体内にどんどんたまり、やがてもっと大きな魚に食べられる。もしかすると、魚の体内に蓄積されたプラスチックは明日我々の食卓に上るかもしれません」

「――ええい、うるさい！　黙れ！」

気づくと、加州は真っ赤な顔をこっちに向けていた。

「この俺が大丈夫だと云ったら大丈夫なんだ！　貴様はメイドの分際でこの碇矢加州に説教するのか！」

だってさっき、誰でも意見を云えって――。

「和久井さん、わきまえなさい！」

社長秘書はそう叫んで立ちあがり、当主に対して「加州さま、申し訳ございません。私からきちんと云い聞かせますので、今日のところはお許しを」と頭を下げた。

加州は吐き捨てるように「任せる」とだけ告げて、ダイニングルームから姿を消した。

夕食の片づけが終わったあと、私は彩葉、楼葉、美樹の三人に呼び出された。お叱りの言葉がゲリラ豪雨のように降りそそぐ。

「この屋敷では加州さまの考えは絶対だと云ったでしょ！」

「加州さまの血は限りなく濃いのよ。人々に富と幸せを運んでくるの。あなたたちのような一般人とは文字通り血統が違うのよ！」

「どんなに偉い政治家だって、碇矢家の血に逆らうことは絶対にできないの！」

「あたしたちメイドが旦那さまに意見するなんて許されることじゃないよ！」

初期のドラクエに出てくる村人のように、何度も同じ話をする三人。

はあ、もううんざり。

不本意だけど、我慢も大事と自らに云い聞かせ、叱責されるたびに「申し訳ありません」と謝罪の言葉を繰り返した。

*

——ああ、悔しい。どう考えても納得できない。

(まあ少し落ち着けって)

でも、ひどいと思わない？

(麻琴が云ってることは間違ってないよ。今や環境問題は極めて重要かつ深刻だ)

でしょう？

(温室効果ガスの増加による地球温暖化は海水面を上昇させ、モルディブやツバルのような島国が今、海に沈もうとしている)

そうそう。

(じゃあ麻琴は、どうして地球が暖かくなると海面が上昇するか知ってるか？)

げっ、大学の講義がまだ続いていたとは——。

これは今まで考えたことが無かったな。

（四択にしよう。『一、北極海の氷が溶けるから』『二、南極大陸の氷が溶けるから』『三、地表の氷河が溶けるから』『四、海水が膨張するから』——さあ、どれだ？）

ふうむ。ちょっと待ってね。とりあえず、海の水が膨張するなんて話は聞いたことが無いぞ。

地表の氷河が小さくなってるってニュースで云ってたけど、海面を高くするほど影響は無いんじゃないかな。地面の上の氷が溶けるという意味じゃ、二番の南極大陸も同じだよね。

ひとつだけ違うのは北極海の氷だ。これは水の上に浮いてるはずだから、溶けた分だけ海面を上昇させるんじゃないだろうか。

うん。よし！

一番の『北極海の氷が溶けるから』だと思う。

（残念。答は、四番の『海水が膨張するから』だよ。物質は温めると体積が大きくなるだろ？　海水も同じ。いわゆる熱膨張っていうヤツだ）

なるほど。海水全体の体積が増えるってことか。やっぱ地表の氷が溶けても海面は上がらないのね。

（もちろん氷河や南極の氷が溶けると多少は海面上昇につながるだろうけど、それは微々《びび》たるもの）

だよね。

（選択肢の中で最も影響が無いのは、一番の『北極海の氷』だね。北極海に浮いてる氷が溶けても海面は上昇しない。例えば、氷水がなみなみと入ったコップの氷が溶けてすべて水になっても、コップから水はこぼれない。アルキメデスの原理だよ。昔、学校で習っただろ？）

習ったような習わなかったような。ははは。

（地球温暖化の影響でさまざまな気象災害が起こってるよな）

そうね。最近だと、スーパー台風や、砂漠化の拡大、乾燥による森林火災、干ばつ。その他にも、洪水、集中豪雨、熱波など、その規模はどんどん大きくなってる。

（暖かくなるパターンだけじゃないよ。地球規模で、気流や海流が変わる可能性があるんだ。例えば、ヨーロッパで偏西風《へんせいふう》が止まったり、南からの暖かい海流が北に流れなくなると、急激に冷え込んでしまう。温暖なイメージがある地中海性気候のイタリアや南フランスは、北海道とほぼ同じ緯度に位置してるからね）

ヨーロッパ全体が、冬場は雪に閉ざされてしまうってこと？

（二〇〇四年に『デイ・アフター・トゥモロー』という映画が公開されてるんだけど、地球温暖化によってニューヨークの街や自由の女神が凍りついているポスターを目にしたことない？）

知ってる知ってる。見たことあるよ。

そう云えば最近、秋が短くなったような気がするね。長い夏が終わってやっと涼しくなったと思ったら、すぐに冬になっちゃう。私たち日本人の心の拠《よ》り所である四季が失われようとしてるんじゃないかな。

（そうだね。地球が長い時間をかけて育《はぐく》んできた環境を、人類がわずかな期間で変えてしまったことは疑う余地が無いよ）

*

十一月十三日（水）、午後。

「何だか元気が無いね、和久井さん」

大階段の掃除を終えた私に声を掛けてきたのは、シェフの小暮寛治だった。

「掃除で疲れちゃったの？　この屋敷、広いからなあ」

もちろん胡桃の世話がメインの仕事なんだけど、彼女が昼寝をする時などは積極的に掃除や洗い物を手伝うようにしている。

「ご心配いただき、ありがとうございます。実は、ここのところ胡桃さまの具合が良くないんです。顔色も冴《さ》えないし」

この一週間、胡桃は食欲不振が続き、強い倦怠感《けんたいかん》や腹部の膨満感を私に伝えていた。呼吸困難を訴えることはないが、少し血圧が低下しているのが気になる。

「この屋敷に来たばかりなのに、あれこれ悩みが尽きないね」

「いえ。そんなことはないですよ。胡桃さまはとても気さくで、私にもやさしくしてくださるので、快適に仕事をさせていただいてます」

ストレスが無いと云えば嘘になるけど、胡桃との会話は楽しく、私にとって云わば一服《いっぷく》の清涼剤となっている。この殺伐とした屋敷の中で、唯一気が休まる時間なのだ。

そう云うシェフ自身、毎日ストレス無く仕事をしてるのだろうか。

「小暮さんはこのお屋敷もう長いんですか？」

「十年になるかな」

「旦那さまの前の奥さまの弟さんなんですよね？」

「うん。俺が碇矢邸で働くことになったのは、そもそも姉貴の紹介だからね。だけど姉貴も、姉貴の子ども二人も今はもういない」

「栗栖さんと夏威児さんですね」

「よく知ってるね。栗栖は姪《めい》っ子なんだけど四才の時に病気で、甥《おい》っ子の夏威児はこの屋敷を出ていったあと自動車事故で死んじまった。夏威児の事故は二〇一三年十一月二十二日の早朝だったかな。今年七回忌を迎えるんだ」

沈痛な面持ちで視線を外す寛治。悪いこと訊いちゃったかな。

シェフは軽くかぶりを振って続ける。

「正直云うと、姉貴が病気で死んだと云われた時もどうしても納得できなくて、本当のところを俺一人でも突きとめてやろうと思ったけど、結局不審な点は何も見つけられなかった。可愛かった姉貴の子どもたちも皆死んで、さすがにこの家は呪われてるって思うようになったよ」

呪われた家か。

「小暮さんはいらっしゃらないんですか、ご家族?」

「俺、バツイチなんだよね。娘が一人いたんだけど、生まれてすぐにカミさんと離婚したんで顔も憶えてなくて。ははは」

この人もそれなりに苦労してるのね。たった一人の愛娘《まなむすめ》に会いたいだろうな。

「いつかどこかで会えるといいですね」

「十年以上前の話だからね、今頃どこでどうしているのやら。カミさんには恨み言のひとつも云ってやりたいが、娘には絶対に幸せになってほしい。『千の蔵より子は宝』って云うだろ?　そのためなら俺は何だってするさ」

＊

十一月十七日（日）。

その日、胡桃はいつまでも起きてこなかった。

彼女は息苦しさを訴えることもなくいつもと同じように静かに眠りに就いたが、朝になって手に触れるとすでに冷たくなっていた。

――碇矢胡桃、臨終。

私は朝から必死に涙をこらえていた。仕事とか職務とか、そういうことじゃない。ただ、一人の人間として、そして大変僭越《せんえつ》な物云いだけど一人の友人として、胡桃が亡くなったことが悲しくてならなかった。

夫の洋一郎が歩み寄って私の肩に触れ、「和久井さん。胡桃の最期を看取《みと》ってくれてありがとう」と淋《さび》しげに告げた。腹をくくってはいたんだろうけど、いざその日を迎えたら夫としてはやっぱつらいだろうな。美樹は「洋一郎さまが相続する遺産は決して多くない」と云ってたけど、そういう問題じゃないよ。

加州はひと言も発することなく、ただ両手を合わせるのみ。一族の人たちもほぼ同様だった。治る見込みがないことは誰もが認識していたはずだから、とっくに覚悟はできていたということだろうか。

安奈がそっと私の手をとる。

「麻琴さん、元気を出してください。胡桃伯母《おば》さまの身体は余命宣告を受けるほどむしばまれていたんですもの。最後の数日間、麻琴さんと一緒に過ごすことができて、伯母さまは幸せだったと思いますよ」

女子高生はそう云って大きくうなずいた。本当にやさしい娘《こ》だ。

十日ほど前、私が加州に意見した時も、わざわざ夜中に私の部屋を訪れ「お願いですから、もう二度とパパに逆らったりしないで。命がいくつあっても足りないから」と声を掛けてくれた。碇矢家の一族は加州のためなら命を投げ出す連中ばかりだから、この屋敷にいる限り絶対に当主の方針を否定してはならないというのが、安奈の忠告だった。

感謝の気持ちを込めて、私も安奈の手を握り返す。

胡桃はこの屋敷に戻って十三日目に亡くなった。残念だけど、楼葉が云った通りになってしまった。体調が万全でないにもかかわらず普遍の愛を感じるほどやさしい人だったな。短い間だったけどたくさん話ができて本当に良かったと思う。

だが私にはひとつ気になることがあった。

胡桃の死は本当に病気によるものなのか。

加州の『イカロスラリー』計画に反対したのは胡桃だけだ。彼女以外の人たちは、加州に心酔しているのか彼に排除されることを怖れているのか、誰も否定的な発言をしなかった。もしかしたら、『イカロスラリー』に協力的でない胡桃を、加州または彼を支持する誰かが死に至らしめたということはないのだろうか。

——いけない、いけない。

私ったら何を考えているんだろう。胡桃はこの屋敷に帰ってくる前から余命宣告を受けていたんだ。そんな陰謀めいた話なんてあるはずがない。

その時、急に激しい頭痛に襲われた。

イタタタタ。

思わず顔を背け、そのまま壁に寄りかかる。最近鳴りをひそめていた片頭痛だ。こんな時にいったい何なのよ、もう！

イタタタ。ううっ、頭が割れそう。

ひたすら痛みに耐えながら、何とか考えを巡らせる。

そもそも胡桃の余命宣告は適正なものだったのか。担当医師の判断は信じていいものなのか。なぜか得体の知れない怖ろしさに身体が震えた。

そんな私を安奈が抱きしめる。

違うのよ、安奈ちゃん。これは悲しみによる震えじゃない。碇矢邸という伏魔殿の呪いが招いたものなの。

＊

十一月十八日（月）。

早朝に、軽井沢から連絡が入った。

電話の主は呉田鈴葉。碇矢コーポレーションの会長で、専務である彩葉の母親だ。碇矢家から見れば、加州の母、琴葉の双子の姉という関係になる。琴葉が亡くなったあと、彼女に代わって会長職を務めているのだ。

先輩メイドによれば、広島の名家である呉田家は、地元では有名な女系の家柄で、代々婿養子を迎えているのだという。琴葉の嫁入りを機に鈴葉も関東に拠点を移し、今では娘たちとともに、碇矢家の行事やイベントを運営する立場として加州を支えている。鈴葉の夫も彩葉の夫もすでに亡くなっているらしいけど、母娘三代で、会長、専務、社長秘書に就いているのだから、当主の信頼は厚いに違いない。

今年七十七才になる鈴葉は、ここ一ヶ月ほど体調を崩し、碇矢家が保有する軽井沢の別荘で静養しているのだが、この日も具合がすぐれず、残念ながら姪である胡桃の通夜と告別式への出席は見合わせたいという連絡だった。

年齢的な問題もあるから、体調が悪いのであれば無理はさせられない。

この日、通夜はしめやかに行われた。

*

十一月十九日（火）。

政財界に大きな影響力を持つ碇矢家で行われる告別式だけあって、相模湖畔の屋敷には午前中から多くの弔問客が訪れた。

会場は三階のイベントルーム。初めてこの屋敷に来た時、こんなに広い部屋を何に使うのかと思ったけど、告別式の会場として弔門客を迎える頃には、これでも狭いと感じるほどだった。隣の会議室が控え室として用いられた。

蒼井美樹が大きな声で私を呼んでいる。

「和久井さん、何してんの？　気持ちは解るけど、悲しみに暮れてるヒマなんてないよ。こっち手伝って！」

先輩メイドの云う通りだ。本来の仕事ではないけど非常事態なんだ。ここは使用人が一丸となって乗り越えなきゃ。

楼葉は進行役を如才《じょさい》なくこなし、見事にやり遂げた。やっぱデキる女は違うな。私には絶対こんな真似《まね》はできない。

火葬場から戻ってきた家人を玄関で迎える時、当主の加州が目を潤ませているように見えた。茶毘《だび》の煙が目に染みたのかな。

弔問客全員が帰る頃にはもうへとへとだった。告別式に駆り出されるのは仕方がないけど、日常の家事も放置する訳にはいかず、やるべき仕事が山積みになっている。もちろん、胡桃への最後のご奉公だから、こんなことで音《ね》を上げる訳にはいかない。もうひと踏ん張りだ。

夕食が終わったあとも、イベントルームと会議室の整頓や精進落《しょうじん》としの片づけに追われた。何とか効率よく済ませて、本来の家事に移る。キッチンの洗い物だけだったら一人で充分なので、私以上に疲れているはずの小暮寛治と蒼井美樹には先に休んでもらうことにした。

すべての家事を終えたあと、キッチンから出てダイニングルームとリビングルームの照明を落とす。すでに十二時を回っていた。明日も早いので、私もそろそろ部屋に戻ろう。

その時——。

「やめてーっ！」

屋敷じゅうに響き渡るほどの叫び声が耳に届いた。間違いなく女性の声だ。

えっ、何？　どこの部屋？　二階か？

あわてて大階段に向かうと、「キャーっ！」と悲鳴をあげながら、それは宙を舞っていた。すべての動きがスローモーションのように見える中、私はそれを美しいと感じた。吹き抜けの空間を、誰にも邪魔されることなく優雅に飛行していたからだ。

ヒト？

そう。それは確かに人間だった。仰向《あおむ》けのまま頭を下にして落ちてきたのだ。次の瞬間、広い空間に何かが鈍《にぶ》く割れるような音が響いた。

気づくと、その人物は大階段の下で倒れていた。段差で後頭部を強打したのか、着用している白いナイトガウンが見る見るうちに赤く染まっていく。

雪奈だった。

「奥さま、奥さまーっ！」

ありったけの声で叫んでも返事は無い。

どうしてこんなことになったんだろう。大階段に到着してから何度も二階を見上げたけど、階上には誰もいなかった。

雪奈はまったく動かない。ノーメイクだけど美しい横顔だった。よほど怖い思いをしたのか、両目からは涙が流れている。

ふと左頬に広がるアザが目に入った。直径五㎝ほどの青紫色のアザが露出している。階段の上で誰かに殴られたのかもしれない。

その場に立ちすくんでいると、次々に家人が集まってきた。

階上には、加州、洋一郎、彩葉、楼葉がほぼ同じタイミングで現れ、階下では寛治と美樹がそれぞれ姿を見せた。口々に「何だ、これは？」「どうなってるんだ？」「誰がこんなことを？」などと疑問を浴びせてくる。雪奈の左頬に浮かぶアザに驚く声も聞こえてきた。

ああ、うるさい。

「私も判らないんです！　キッチンの仕事を終えたタイミングで叫び声が聞こえたので、急いでここに来たら、奥さまが大階段の上から落ちてきて――。頭部の出血を確認したので、これから救急車を呼ぶところです！」

私が声を張ると、屋敷の住人たちは静かになり、目前で血に染まっている女性を見守った。

メイド服の内ポケットから取り出したケータイで一一九番に連絡し、担当者に状況を伝える。事件か事故かと訊かれたけど、「判りません」と返すしかなかった。

私が救急車を呼んでいる間に、加州が足を引きずりながら階段を下りてきた。大階段の中ほどで立ち止まり、ひと言「雪奈――」とつぶやく。

そこへ、娘の安奈が少し遅れて現れた。シャワーを浴びていたのか、髪が濡《ぬ》れている。階段を急ぎ足で駆け降りると、倒れている母親に抱きつき、「お母さん！　お母さん！　しっかりして！　どうして――」と泣き崩れた。背後から安奈の肩にそっと触れる。

いったい何がどうしたって云うの？

今、家人は全員そろっている。この中に雪奈を階上から突き落とした人物がいるのか。あの時そんな人物は見えなかったけど、私が立っているこの場所からすべての角度が見渡せる訳じゃない。

おととい胡桃が亡くなったばかりだと云うのに、伏魔殿に棲む魔物はいったいどれだけの生け贄《いけにえ》を求めるのか。

しばらくして碇矢邸に救急車が到着し、慣れた手つきで救急隊員が雪奈を担架に乗せて運び出した。隊員の一人が「状況から見て階段を踏み外したものと思われますが、念のためまもなく警察が到着しますす」と告げる。

安奈と美樹が救急車に乗り込んだ。私もそれに続こうとしたが、先輩メイドから「警察が来た時に第一発見者がいないと困るだろ?」と、屋敷で待機するよう指示される。雪奈を乗せた救急車は、碇矢邸から一番近い総合病院——相模原総合病院——に向かって出発した。

ほどなく相模湖署の刑事二人が屋敷に姿を見せた。年上らしき刑事は楼葉に何やら確認していたが、それが終わるとすぐさま私を呼び寄せた。

「どうも。相模湖署の坂崎《さかざき》です。——ええっと、あなたが第一発見者?」

「あ、はい。和久井麻琴です。碇矢邸で住み込みのメイドをしています」

坂崎という刑事は「あ、そう」と適当にうなずきながら、面倒くさそうに黒い手帳を取り出した。深夜に駆り出されたせいか、何だか機嫌が悪そうだ。必死にあくびを嚙《か》み殺している。

「ケガをしたのは、この家の奥さん?」

「はい。そうです」

「ガウンを着てたとか」

「ええ。ヨシノ三姉妹が共同でデザインした白いナイトガウンをお召しになっていました。ロングタイプのものです」

「階段の周囲であやしい人とか見かけませんでしたか？」

「いえ。叫び声を聞いてすぐここに駆けつけたのですが、大階段の上には誰もいませんでした。短時間で姿を消したのかもしれませんけど」

「ふむ。先ほど秘書の方から、邸内のすべての出入り口は施錠されていたと伺いましたので、おそらくこれは事故でしょう。誤《あやま》って自分のガウンの裾《すそ》を踏んづけたんでしょうね」

坂崎という刑事はうんうんとうなずきながら、ペンを走らせる。

一応、云っておかなきゃ。

「あのう。例えば、奥さまが階上で誰かに殴られて転落したってことはないでしょうか？」

「だって階段の上には誰もいなかったんでしょ？」

「奥さまの悲鳴が聞こえる少し前に『やめてーっ！』という叫び声が聞こえたんですよ。あれは確かに女性の声でした」

「ふむ。最初の叫び声と悲鳴との間にタイムラグがありますね。叫び声をあげた人物が奥さんではないという可能性も否定できません。そもそも関連性があるかどうかさえ疑わしい。それとも、誰か犯人に心当たりでも？」

「いえ。特に——」

「じゃあ、やはり事故でしょうね。これほど立派な階段です。バランスを崩して倒れれば、今回のような大きなケガにつながることは充分考えられますから」

そのまま坂崎刑事は、玄関に設置された監視カメラをチェックしていたもう一人の刑事から話を聞いていたが、しばらくして「和久井さん。もう一度いいですか？」と私に呼びかけた。

碇矢家の防犯態勢は、敷地の外部から侵入しようとする者には厳重に構えているけど、敷地内の監視カメラは牧場や農園、ゴルフ場のクラブハウスなどに限定され、比較的緩いのが実態だ。屋敷のカメラは玄関の内側と外側に設置されているので一階のロビーは対象となっているが、大階段は角度的に下半分しか映らない。それ以外の、住人たちの居住スペースは、プライバシーの問題もあり、そもそもカメラが設置されていないのだ。

ちなみに、邸内では居室以外の部屋は施錠されることがなく、また各住人の部屋の鍵は、本人が持っているものの他、スペアキーがダイニングルームにある金庫内に保管されているという。

刑事たちに促されて確認した監視カメラの映像には、大階段から落下して宙を舞う雪奈の姿がはっきり映っていたが、すぐに階段の下に駆けつけた私の他には誰一人として画面に登場しなかった。

「それでは、本件は事故である旨の報告を上げておきますので」

坂崎刑事は雪奈の転落をそう結論づけた。確かにこの状況では事件性を見出《みいだ》すのは難しそうだ。

*

十一月二十日（水）。

朝食の支度を終えたあと、楼葉の了解を得て、バスで相模原総合病院に向かった。集中治療室前のベンチに座る美樹と安奈の姿を確認し、駆け寄る。

「おはようございます。あのう、奥さまの容体はいかがですか？」

うなだれたままの令嬢に代わって、先輩メイドが「まだ何とも」と返した。

「それで、警察は何て？」

気になっていたのか、美樹は安奈の肩を抱いたまま私に訊ねた。

「はい。監視カメラには奥さま以外は誰も映ってなくて、外部から何者かが侵入した形跡も無いことから、奥さまが誤って自分のナイトガウンの裾を踏んで転落したのだろうとの結論に達したようです」

「じゃあ、事件性は無いってことね。――お嬢さま、やはり事故だそうです」

美樹がそう語りかけると、安奈は力無く「そうですか。それはつまり、碇矢邸から逮捕者は出ないってことですよね。良かった」と安堵《あんど》の表情を浮かべた。

「お嬢さま。着替えを持ってまいりました」

下着や歯ブラシ、タオルなどを詰め込んだ安奈愛用のリュックサックを手渡しても、令嬢は「ありがとうございます」と応えるのがやっとだった。

「ここからは私がご一緒させていただきますので」

碇矢邸の家事は美樹がいないと滞るため、私と交代して屋敷に戻ることを伝える。安奈は何も云わず、小さくうなずいてみせた。美樹は「それでは私はこれで」と頭を下げ、バスの時間に合わせるためか急ぎ足で病院の外へと向かった。

しばらくすると、雪奈が運び込まれた集中治療室から若い医師が出てきた。私たちの存在に気づいた彼は、いくぶん疲れた表情で語りかける。

「ご家族の方ですか？」

「は、はい。娘です！」

安奈はありったけの力を振り絞るように、「先生！　お母さんは、お母さんは大丈夫でしょうか？」と医師にすがった。

「大変厳しい状況です。頭蓋骨が陥没して脳挫傷《のうざしょう》を起こし、右脳の一部が機能しなくなっています。今も命の危険と隣り合わせなんです。たとえ一命を取り留めても何らかの脳障害は免れないと思っていてください」

医師は一礼して、そのまま廊下の奥へと去っていった。

「麻琴さん。お母さん、死んじゃうのかな」

安奈がぽつりとつぶやく。私は大きくかぶりを振った。

「お嬢さまを残して奥さまが亡くなるはずがありません。奥さまは今、必死に闘ってるんですよ。お嬢さまがそんな弱気なことを云って、どうするんですか！」

安奈は「ごめんなさい。ごめんなさい」と私の胸で泣きじゃくった。私の方こそ、ごめんなさい。少し強く云いすぎたかもしれない。

元気だった頃の母親を思い出すのか、安奈はそれからしばらく、会話もできないほど泣き続けた。彼女の肩を抱き寄せることしかできない自分がもどかしい。

脳障害か。

医師の話を聞いて、私は、高校の時『福祉科』の特別講義で聴いた脳科学セミナーの一節を思い出していた。確かこんな話しぶりだったと思う。

「呼吸や循環機能の調節、意識の伝達など、人間が生きていくために必要な働きを司《つかさど》っているのが脳幹《のうかん》です。大脳、小脳の損傷は回復の可能性がありますが、脳幹はその機能を失うと生命を維持することができません。つまり、自ら呼吸でき、回復する可能性の残る『遷延《せんえん》性意識障がい』と異なり、脳幹を含む脳全体の機能が失われた『脳死状態』においては回復する見込みがないのです。薬剤や人工呼吸器によってしばらくは心臓を動かし続けることができますが、多くは数日以内に心臓も停止すると云われています」

雪奈が脳死状態になる可能性だって否定できない。そうなったら自分で呼吸をすることさえできなくなるということか。

もし遷延性意識障がいなら、このまま長期療養になるかもしれない。碇矢家の人間であれば治療費の支払いに困ることはないだろうが、安奈のメンタルが持ちこたえられるか心配だ。

でも――。

あの時の「やめてーっ！」という叫び声がどうしても気になる。そして雪奈の左頬に残された青アザもひっかかる。あれは本当に事故だったのか。

もし事故ならば、雪奈はあの時間あの場所で何をしていたのか。

もし事故でないのなら、誰がどういう理由で雪奈を大階段から突き落としたのか。その場合、実行者の目的は果たされたのか。なぜか、私の胸の中で泣き続ける少女に危険が迫っているような気がしてならなかった。

碇矢邸の人々にとって、雪奈と安奈はよそ者だ。あれほど血筋にこだわる人たちがすんなりと二人を受け入れているとは思えない。碇矢邸が伏魔殿だとすれば、魔物が次に狙うのは安奈以外には考えられない。碇矢一族において、この母娘以外はすべて秩序が保たれているのだから。

安奈の身が案じられる。しばらくはこの娘《こ》から目を離さないようにしよう。

この日はそのまま、傷心の安奈とともに相模原総合病院で一夜を過ごした。

*

十一月二十一日(木)。

朝になっても雪奈の意識は戻らなかった。安奈が抜け殻のように一点を見つめたままだったため、私は片時も彼女のそばを離れずにいた。

――奥さま、頑張ってください。安奈ちゃんのためにも。

もちろん、こうして両手を合わせて雪奈の回復を祈ったところで、効き目が表れる保証なんてどこにも無い。でも今、私にできることは他に無いのだ。

そんな私の姿を見て、安奈は上目遣いに口を開いた。

「――あのう、麻琴さん。階段から落ちたお母さんの顔にアザがあったことに気づきました?」

もちろん気にはなっていたけど、こちらから話題にすべきではないと思っていた。

「あ、はい。青紫色のアザですね」

「別れたお父さんが酒癖の悪い人で、夜になるとお母さんはいつも暴力を振るわれていたらしいんです」

えっ、ＤＶ? あんなきれいな人に対して?

安奈が唇を嚙みしめる。

「私自身はまだ赤ん坊だったので記憶に無いんですけど、お父さんに殴られながらもお母さんは必死に私を守ってくれたそうです。ずっと暴力を受けていたせいでお母さんの左頬にはあんなに大きなアザが残ってしまって――」

「事故が起こったあの夜までまったく気づきませんでした」

「いつもファンデーションやコンシーラーで隠してましたから」

そうか。ずっとメイクで隠してたんだ。つまり、おといの事故は必ずしも誰かに殴られて大階段から転落した訳じゃないってことか。

そのまま安奈が下を向く。

「アザのことは私と二人だけの秘密でした。だからお母さんは素顔を誰にも見せないんです。特に、パパの前にノーメイクで出ることは絶対にありませんでした」

「夫婦なのに？」

「きっとパパに嫌われたくなかったんでしょうね。顔のアザを理由に離縁されて碇矢邸を追い出されたら、どこにも行くところが無いから」

安奈は憂いを帯びた横顔でそう告げた。

いや、そうじゃない。すべては安奈のためだ。この娘《こ》に再び貧しい生活をさせないように、左頬に残るアザのことを邸内では秘密にしていたに違いない。それがあの事故によって一族全員に知られてしまったということか。

その後も雪奈の容体は変わらず、膠着《こうちゃく》状態のまま夕方を迎えた。

医師の「少し長期戦になりそうだ」という見解を踏まえ、私たち二人は、雪奈を病院の看護師に任せて、いったん屋敷に戻ることにした。安奈は拒否反応を示したが、このままここにいても我々にできることは無い。病院の面会時間が午後三時から七時まで、一回十五分程度と制限されていることを伝えられると、令嬢は「じゃあ、毎日その時間に面会に来ます」と目を潤ませて訴えた。

碇矢邸に向かうタクシーの中で、安奈は私の肩に頭を乗せ、すやすやと眠っているようだった。昨夜だって彼女は一睡もしてないはずだ。おそらくクルマの振動が心地よくて、夢の世界へと誘《いざな》われたのだろう。

「お母さん！」

突然、安奈が跳ね起きた。キョロキョロと周囲を見渡したあとで、短く「ごめんなさい」と告げる。この状況で良い夢なんて見られるはずがない。しかも安奈はまだ十六才。何かに誘われて感傷的な旅をしたり、つぼみのままで夢を見ていたい年頃だ。女子高生の頬はこの二日ほどですっかりこけてしまった。

タクシーが屋敷に着いたあと、ぐったりして身体に力が入らない安奈をそのまま就寝させることにした。この状態では、碇矢家の人々の冷たい視線に肉体的にも精神的にも耐えられそうにないと思ったからだ。

一族の皆さんには、代わりに私が話せばいい。気持ちを強く持てば大丈夫。

自室でメイド服に着替えて、美樹がいるキッチンへと向かう。雪奈の容体と泣き疲れて眠った安奈について簡潔に報告すると、「お疲れさま。大変だったね」と労《ねぎら》ってくれた。

夕食後、紅茶を全員に注ぎ終わった私は、碇矢邸の人たちに、雪奈のケガについて医師から伝えられたことと自分が実際に見て感じたことを丁寧に伝えた。

当主の加州が反応する。

「そうか。ご苦労だった。――安奈は？」

「はい。お嬢さまはずっと泣き続けていたせいか、疲れ果てて歩くことも困難な様子でしたので、今日はそのままお部屋で休んでいただきました」

小さく「解った」とうなずいた加州がおもむろに席を立つ。

「少し疲れたので、私も今夜はこれで失礼する。――楼葉。自分の部屋で『イカロスラリー』の企画書に目を通すから、緊急の案件以外は明日にしてくれ」

社長秘書も起立して、「承知しました」と頭を下げた。

仕事が多忙で病院に行けなかったとは云え、加州にとって雪奈は最愛の妻だから、少なからず心配していたに違いない。一族の前で感情を露《あらわ》にすることは控えたんだろうけど、伏魔殿の主もヒトの子、ナーバスになっているはずだ。加州が、屋敷の防音機能を強化するほど外の物音に敏感なのは、安奈から聞いている。今日はもう三階に近づかないようにしよう。

ひょっとして、加州はこれから『イカロスラリー』の企画書を読んで、どうすれば自由に空を飛べるか研究するのかな。自分の背中に翼があれば大空を飛んで相模原総合病院まで急行したいところだろうけど、残念ながら雪奈は意識不明だから言葉を交わすこともできそうにないね。

雪奈の容体に関して当主以外の反応は薄く、専務の彩葉に至っては「あ、そう。お疲れさま。解ったからもういいわ」と素っ気なかった。

いくら後妻とは云え、碇矢家当主の妻に対する態度じゃないよね。安奈のことにもまったく関心を寄せることはない。一度は否定したものの、やはり雪奈はこの屋敷にいる誰かに突き落とされたんじゃないかと疑ってしまう。

キッチンで一緒になった美樹に「皆さんの態度、冷たすぎませんか？」と訴えると、先輩メイドは声をひそめて告げた。

「仕方ないよ。一族から見れば、奥さまとお嬢さまは外様《とざま》だからね。しかもあんたは、碇矢家の当主に意見するという大罪を犯したんだから」

大罪？

意見は無いかと訊かれたから答えただけなのに？

これが一族の掟なのか。結局は血なんだろうな。碇矢家にあらずんば人にあらずって感じね。

そんなこと云ってたら、盛者必衰《じょうしゃひっすい》、そのうち滅びますよお。

諸行無常《しょぎょうむじょう》は世の常ですよお。

皆で壇ノ浦《だんのうら》に飛び込むことになりますよお。

琵琶《びわ》でも借りてきて、もの悲しく弾いてやろうかな。

つくづくひどい職場だと思う。病《や》んじゃいそう。

*

十一月二十二日（金）。

「旦那さま。おはようございます」

何度かドアをノックして、当主に呼びかける。

おかしい。返事が無い。

朝食の時間になっても姿を見せない加州を心配した先輩メイドの指示で、三階まで様子を見に来たのだ。

「旦那さま、旦那さま！」

やっぱりダメだ。まだ寝てるのかな。これだけ呼んでも反応が無いなんて。

ちょっと待てよ。突然死ってことも考えられなくはないぞ。

仕方なく一階に戻って、ダイニングルームにいる美樹に状況を伝えると、先輩メイドは「まったくもう、何やってんのよ」と小声で文句を云った。これ、私のせいじゃないと思うんだけど。

美樹は素早く楼葉の席に近寄り、状況を説明した。

加州の部屋のスペアキーは、このダイニングルームに置いてある金庫の中にしかない。金庫の暗証番号を知っているのは、加州、洋一郎、彩葉、楼葉だけだという。ちなみに雪奈は別の部屋を普段使っているため、当主の部屋の鍵は持っていない。

秘書の楼葉が、金庫からスペアキーを取り出し、美樹に手渡した。もしものことを考え、先輩メイドと二人で三階の加州の部屋に向かう。

「旦那さま、旦那さま」

あらためてドアに向かって呼びかけるが、やはり返事は無い。

「旦那さま、蒼井です！　非常事態と認識しましたので、スペアキーでドアを開けさせていただきます！」

そう云って先輩メイドがドアを解錠する。私たちは口々に「失礼します」と発しながら室内に入り、空間という空間を捜し回った。

だが――。

おかしい。どこにもいない。

隣の書斎を見渡しても人影は無かった。この部屋は鍵を掛ける構造にはなっていないし、加州の部屋経由でしか入ることができないので、実質的に当主の部屋と一体と考えていい。結局、寝室にも書斎にも人の気配はまったく無かった。

ただ、東向きの窓だけが大きく開かれ、十一月早朝の冷たい外気が入り込んでいた。窓の下には、加州が愛用している革靴がそろえて置かれ、ベッドの上にはパジャマが無造作に脱ぎ捨てられている。

恐る恐る窓から下をのぞいてみると、真下の庭に加州愛用の大きなスーツケースが横倒しになっているのが見て取れた。これはどういうことだ。誰かがこの部屋からスーツケースを投げ落としたのだろうか。

スーツケースの件を美樹に報告したが、彼女も首をひねるばかりだった。この屋敷は各階ともに天井が五mほどあるので、このフロアから地面まではおよそ十mの高さということになる。

「――どこにもいないじゃん」

先輩メイドが肩を落としてつぶやく。私も「はい。不思議です」と応えるのが精一杯だった。いったい碇矢家の当主に何が起こったのだろうか。

「あたしたちの手には負えないね。とりあえず下に戻って秘書の楼葉さまに伝えてくるから、あんたはここにいて。何にも触れちゃダメよ！」

美樹はそう云い残して、急ぎ足で加州の部屋から出て行った。

独《ひと》りでいる時間はとても長く感じられた。何かを検証しようにも、この部屋に入ること自体が初めてだから、いつもと違うのかどうかさえ判らない。特におかしな点は無いように思うけど。

隣の書斎は殺風景な部屋で、デスクの上には、ブロンズ製と思われるイカロス像と、ギリシャ神話や航空機に関する数冊の本、そしてコンタクトレンズのケースくらいしか置かれていない。

心細く思っている私の耳に、二人分の足音が廊下の方から届いた。社長秘書の楼葉がドアから顔をのぞかせる。

「どういうことなの?」

開口一番、私に訊ねる。正直に「私にも判りません。この東側の窓以外は、寝室の窓も書斎の窓もすべて施錠されていました」と返答した。

楼葉が大きくかぶりを振る。

「加州さまが私に何も告げずに外出するなんてあり得ない。——蒼井さん。朝、玄関の鍵は掛かってた?」

「はい。一階の出入り口はすべて内側から施錠されていました。玄関の鍵は楼葉さまと私しか持っていないので、旦那さまが玄関から外に出たとは考えられません!」

懸命に訴える美樹を、社長秘書がにらむ。

「そんなバカな!　それじゃ、この窓から外に出たってことになるじゃない!」

碇矢邸では、私が最初に来た時のように正門でモニターチェックを行い、家人が内部から開錠するので、加州ら碇矢家の人々は基本的に玄関の鍵を持っていない。だからこそ、この状況は『不思議』なのだ。

楼葉はベッドの上に置かれたパジャマに気づいたようだ。周囲を見回したあと「加州さまは何を着て外に出たのかしら」とつぶやきながら、寝室に設えられたクロゼットの中を調べ始める。

ちょっと手持ち無沙汰だったので、美樹に「旦那さまは目が悪かったんですか?」と訊くと、「コンタクトレンズの保存液を切らさないよう、定期的に購入するのはあたしの仕事なんだ。忙しい時は小暮さんに頼んだりするけど」と教えてくれた。

ドアの外で複数の足音が重なる。いよいよ一族本隊のお出ましか。

「楼葉さん、加州さまはご病気かね?」

洋一郎が室内をのぞき見る。

「あ、副社長。そこから中に入らないでください。加州さまは行方不明です。一夜にして消えてしまったとしか考えられません。きちんと警察に調べてもらう必要がありそうです。——蒼井さん、すぐに警察に連絡を!」

先輩メイドがポケットからケータイを取り出し、一一〇番通報する。

碇矢家の当主が突然いなくなってしまった。これだけの資産家だから、営利目的の誘拐である可能性も捨てがたい。そもそも敵が多そうだしね。

警察が来るまでの間、全員で屋敷の内外を捜してみたものの、加州の姿はどこにも見当たらなかった。

*

「正直なところ、誰かに連れ去られた可能性もあると思うんですの」

専務の彩葉が相模湖署の坂崎刑事に訴える。リビングルームのソファに腰掛けた公僕は、三日前と同様にうんざりした表情で「何か理由があって自分から屋敷を出た可能性も否定できませんね」と告げた。もう一人の若い刑事は黒い手帳を開き、メモをとっている。

「衣服は無くなっていませんか？」

坂崎の質問に楼葉が手を挙げる。

「加州さまのクロゼットからは、ワイシャツとネクタイ、濃紺のスーツ上下、黒い革のコートが消えていました。いずれも加州さまお気に入りのブランド品です」

「そうですか。つまり加州氏は夜が明ける前に、わざわざスーツに着替えてこの屋敷から姿を消したと？」

「まあ、そうなりますか」

楼葉が小首を傾げる。前代未聞の失踪劇に、冷静な社長秘書のコンピュータも少し狂いが生じているのか。私が淹れた紅茶に手を付けることもない。

刑事が続けて問う。

「ケータイは？」

「つながりません。電源が入っていないか電波の届かない場所にあるようです」

どこか遠くに連れていかれた可能性もあるな。

坂崎は大きく息をついた。

「先ほど玄関の監視カメラをチェックしましたが、屋敷に出入りする人物はまったく映っていませんでした。三階の加州氏の部屋以外の窓はすべて施錠されていたので、外部から何者かが侵入したというセンは考えづらいと思います」

誰も侵入していないのか。

「三階を調べたところ、書斎の机にコンタクトレンズのケースが残されていました。開《あ》けてみると、中にレンズは入っていなかった。何者かに寝込みを襲われたのなら、レンズはケースの中に収まっているはずです。やはり私には、加州氏がコンタクトレンズを装着したままスーツに着替えて、自ら屋敷の外に出たように思えますがね」

視力の弱い加州がレンズを装着するってことは、すなわち自分の意思でこの屋敷を離れることを意味するんだろうな、やっぱり。

坂崎はさらに続ける。

「しかも、加州氏愛用のスーツケースがロックされたまま東側の窓の真下の庭に残されていたんですよね？　それって加州氏がどこかに出かけようとしてたっていうことじゃないですか？」

彩葉は納得できないようだ。

「玄関の鍵を持っていない加州さまがどこから外に出たと云うんですか？　この屋敷にはオートロック式の扉はひとつもありません。どこかのドアから外に出たのなら、誰かが内側から施錠しなければなりません。玄関以外の出入り口はリビングの掃き出しと調理室の勝手口だけですが、いずれもちゃんと内側からロックされていました」

「それじゃ、例えば加州氏が東側の窓からロープを使って降りたとか――」

「何云ってるんですか！　加州さまは生まれつき足が不自由なんですよ！」

勢い余って立ちあがる彩葉。刑事の「落ち着いてください。あくまでも可能性の話ですから」という声も聞かず、執拗《しつよう》に食い下がる。

「そもそも加州さまの革靴は室内に残されていたんです。靴を履かないで外出するなんて、おかしいじゃありませんか！」

これは一理ある。冬が近いこの時期、靴も履かずに屋敷の外に出るはずがない。

相模湖署の警察官は小さく首を左右に振った。

「本件については少し様子を見ましょう。もちろん誘拐事件である可能性もゼロではないと思いますので、もし誘拐犯と見なされる人物からコンタクトがあった場合は、あらためて連絡をお願いします。それでは失礼」

坂崎刑事はそう告げ、もう一人の刑事と連れ立って足早に碇矢邸から去っていった。これでいいのかな。やけにあっさりしてるように思うけど。

警察が帰ったあとそのまま緊急の家族会議をダイニングルームで開くことになり、私たちメイドとキッチンにいるシェフもその場に呼ばれた。

まずは彩葉が口火を切る。

「足の不自由な加州さまがロープを使って三階から壁伝いに降りるなんて、考えられないわ。あの窓から地面までは高さが十ｍもあるのよ！」

洋一郎が話を継ぐ。

「降りたあとはどうするんだ？　我々に何も伝えず、独りで外の世界に出たというのか？　靴も履かずに？　今しがた確認したけど、二つの門に設置してある監視カメラにも、加州さまや外部侵入者は映っていなかった」

楼葉も疑問を口にする。

「そもそも自ら行方をくらます理由が見当たらないわ。少し前にあれほど『イカロスラリー』の開催と『ラピュタ・アイランド』の建設計画を熱く語っていた加州さまが、それらを放り出して姿を消すとは思えない。特に『イカロスラリー』は、大空を飛ぶという加州さまの夢がやっと実現するイベントなんだから」

皆さんのご意見はごもっともだ。今回の失踪はまったく意味が解らない。

洋一郎が頭を抱える。

「いったいどういうことなんだ？　加州さまはまだこの敷地内にいるというのか？」

「――あのう。ひとつ訊いてもいいですか？」

遠慮がちに右手を挙げたのは安奈だった。ひと晩眠ったせいか、少し頬に赤みが戻ったようだ。

静かにうなずく楼葉を見て、質問を繰り出す。

「パパは目が悪かったんですか？」

「ええ。お嬢さまはご存知ないかもしれませんが、加州さまはどこに出かける時にも必ずコンタクトレンズを使用します」

娘の説明を聞いて、隣に座る彩葉が記憶をたどる。

「確か、高校生か大学生の頃からずっと使ってるはずよ。それがどうかしたの、安奈さん？」

「じゃあ、裸眼では行動できないってことですね。――あ、いえ。私、思ったんです。パパは入院中のお母さんに会いに行ったのかもしれないって。イカロスのように空を飛ぶことはパパの夢だったから、湖に面している東側の窓から大空へと飛び立ったんじゃないかって。パパはきちんとスーツを着てたんですよね。身なりを整え、お母さんがいる病室を間違わないようにコンタクトレンズを装着して会いに行った。私にはそう思えてならないんです」

ちょっと安奈ちゃん、何云ってんの？　人間が空を飛ぶなんて、どう考えても現実的じゃないよ。そんな夢物語、誰が信じるもんですか。

洋一郎が笑顔で、隣に座る令嬢の左肩をポンと叩く。

「安奈ちゃん、考え過ぎだよ。確かに突然消えてしまったのは不可解だけど、いくら加州さまでも空を飛ぶことはできないって」

そうそう。人間が空を飛べたら、誰も苦労して通勤電車なんて乗らないよ。ドラえもんに何か道具を出してもらったのならまだしも、そんな――。

「――そうかもしれない」

突然、彩葉がつぶやいた。

え、どういうこと？

「安奈さんの云う通りだわ。加州さまはこれまですべてのことを成し遂げてきた。そしてついに空を飛ぶ術《すべ》を身につけたのよ。ギリシャ神話のイカロスのようにね」

「そ、そんなバカな！　人間が空を飛ぶなんてあり得ない！」

私の右隣に立つ小暮寛治がそう叫んでかぶりを振った。左隣の蒼井美樹は、理解が進まないのか、ポカンとした表情で一族の会話を聴いている。

副社長とシェフが指摘した通り、議論の余地なんて無い。人類が空を飛べないことくらい小学生でも知っている。

「いいえ。加州さまは本当に大空に舞いあがったのよ。夜の空を飛ぶためにコンタクトレンズを装着し、革靴は必要無いから部屋に残していった。さすがにスーツケースは重すぎて運べなかったんでしょうね。――そうよ。これが碇矢家の血なんだ。血の為せる業《わざ》なんだわ。ふむ。いつ加州さまが戻ってくるか判らないから、三階の東の窓は開けたままにしておかなきゃ」

彩葉の表情は確信に満ちていた。母親の見解に楼葉が同調する。

「そうね。あり得ないことをすべて消去したあとに残ったものは、たとえどんなに信じがたくてもそれが真実よ。加州さまは玄関から外に出ていない。そして、三階の部屋は東側の窓を除いて閉ざされていた。そこから導かれる真実はひとつだけ。唯一開かれていた東の窓から湖に向かって飛び立ったのよ。防寒対策とは云え、わざわざスーツとコートまで身に着けるとは、なんてオシャレなのかしら。これでシルクハットでもあれば完璧ね」

あのう。お二人とも本気でおっしゃってます？

やっぱりこの一族はおかしい。一風変わったヤツらどころの話じゃない。これは、碇矢加州を絶対視する新興宗教、云わば加州教だ。

そうか。解ったぞ。これこそが伏魔殿の正体に違いない。

＊

「もしもし、お母さん？　お願いがあるの。夏威児さんの七回忌に出席してもらえない？　加州さまの行方が判らないのよ。もし体調が悪くなければ、一族の代表として碇矢コーポレーションの会長であるお母さんに出席してほしいの」

彩葉が、軽井沢で静養している鈴葉とケータイで話す声が聞こえた。今週末に迫った、加州の息子、夏威児の七回忌への出席を打診しているようだ。

鈴葉は、双子の妹、琴葉が亡くなって以来、形式的に彼女の跡を継いで会長職に就いている。加州不在の今、ついにその肩書を活《い》かす機会がやってきたってことかな。

ダイニングルームにランチを運びながら耳をそばだてる。

「楼葉、ＯＫよ。お母さん、胡桃さんの葬儀に出席しなかったことをずっと悔《く》やんでいたみたい。体調が上向いていることもあって、日曜日の七回忌には出席してくれるって」

「良かったわね。これで何とか体裁《ていさい》が整うんじゃない？」

楼葉は黒いスケジュール帳から目を離すことなく答えた。

「ちょっと何、他人事《ひとごと》みたいに云ってんのよ。お昼を早めに済ませて、七回忌の準備のためにスケジュールを調整してくれた洋一郎さんと一緒にヘリで軽井沢まで迎えに行ってちょうだい」

「えっ、私が？　お母さんが行けばいいじゃない？」

「私が高所恐怖症なの知ってるでしょ？　――あ、そうそう。和久井さん。あなたも世話係として同乗してくれる？　お母さん今年で七十七だから、ちょっと心配なの。胡桃さんの世話も無くなったんだから、大丈夫でしょ？　お願いね」

こうして、私の都合なんて考慮されないまま、ランチが済み次第、軽井沢に向けて出発することになった。碇矢家との雇用契約については、昨夜楼葉から「胡桃さまは亡くなってしまったけど、奥さまの容体や入院期間が流動的だし、会長も高齢なので、契約通り年末までお願いするわ」と云われていたので、ここは彩葉の言葉に従う他ない。

ヘリで鈴葉を迎えに行くのは、副社長の洋一郎、孫の楼葉、世話係の私、の三人だ。まずは電動ゴルフカートでヘリポートに向かう。何だかドキドキしてきた。ヘリコプターに乗るの初めてだもんね。美容クリニックの院長にでもなったような気分。

楼葉がカートを運転しながら「副社長。私が操縦しましょうか？」と訊ねると、洋一郎は「大丈夫、大丈夫」と笑った。

相模湖から長野県の軽井沢までヘリでどれくらいかかるんだろうか。

あれ？

勢い込んでヘリに乗ったところで、何やら違和感を覚えた。操縦者である洋一郎が右側の席に座ったのだ。おかしい。初日に案内された時、安奈は「ヘリコプターの操縦席ってクルマと逆なんですよ」と云ってたのに。

もしかして安奈ちゃん、勘違いしたのかな。

四人乗りヘリは、昼過ぎに相模湖畔のヘリポートを出発し、一時間半ほどのフライトで軽井沢の別荘に着いた。

雄大な浅間山《あさまやま》の麓《ふもと》に広がる軽井沢は日本屈指の避暑地だ。標高およそ千ｍの高原に爽やかな風が吹き抜ける。オシャレな店が軒を並べ、木立の中のカフェやロマンティックな教会は、訪れる人々の心を捉えて離さない。

――いいい、夏だったらね。

ううっ、寒い。この時期、相模湖も横浜の中心部に比べればかなり気温が低いけど、ここはさらに冷える。

でも、確かに自然あふれる素晴らしいところだ。首都圏のお金持ちが挙《こぞ》って別荘を建てたがる気持ちはよく解る。

私のお気に入りは、明治後期に建てられた旧三笠《みかさ》ホテルかな。一度だけ行ったことがあるけど、オシャレな西洋デザインが軽井沢の景観にマッチしてまるで映画のセットのような雰囲気だった。明治、大正、昭和初期の華やかな社交界の様子を思い描くだけで胸が高鳴る。

このまま相模湖にとんぼ返りするのは何とももったいない。

ところが――。

なんと、鈴葉が散歩から帰ってきたのは午後四時近かった。

「もう。お祖母《ばあ》ちゃん、何やってんのよ。早く支度して！　すぐにヘリコプターで碇矢邸に戻るわよ」

「あれっ、明日じゃなかったっけ？　じゃあ、今から準備するからちょっと待っておくれ」

あきれる楼葉。これは彩葉と鈴葉のコミュニケーションの問題だな。

立場上、黙って見てる訳にもいかない。

「あのう、鈴葉さま。碇矢家メイドの和久井麻琴と申します。もしよろしければ私もお手伝いしますので」

「ああ、ありがとう。助かります」

結局、ヘリコプターが再上昇したのは午後四時半過ぎだった。そろそろ日の入りの時刻だ。

離陸してしばらくすると、操縦席の洋一郎が「陽《ひ》が傾き始めてきたので少し速度を上げますね」と告げた。

興味本位で、どれくらいのスピードで飛ぶのか訊いたところ、時速二百kmくらいだと教えてくれた。

新幹線並みってことか。高さ五百ｍの上空では地上ほど景色が流れないのであまりスピードを感じないけど、四人乗りヘリコプターは確かに時速二百㎞で東京方面に向かっているようだ。

しばらくすると見る見るうちに東の空から暗くなり、次第に視界が利《き》かなくなってきた。ほぼ前が見えない中を、こんなスピードで飛んで大丈夫なのかな。

相模湖まであと三十分くらいだと、洋一郎が搭乗者全員に伝えた。

その時――。

ドゥオオン！

「わあっ！」

大きな衝撃とともに足もとが大きく揺らぐ。ヘリコプターが何かと接触したようだ。今の黒い影はもしかして――。

「何だ、今のは！」

洋一郎が叫ぶ。ちょっと、もしかしてこのまま墜落するの？　嘘でしょ？

「副社長、リカバーできますか？」

楼葉の声に洋一郎が「ああ。大丈夫だ」と応じる。

それなりの高度があったせいか、洋一郎は短時間で機体を安定させることに成功し、碇矢家のヘリコプターは何とか体勢を立て直した。

今度は鈴葉が声を張る。

「今のは加州じゃないか？　そうだ。加州が私に挨拶しに来たんだよ！」

私も間近で見た。確かに、接触した黒い影は人間のように見えた。すぐに頭の中で否定したが、何かがヘリに接触したのもそれが人間に見えたのも事実だ。しかも鈴葉はそれが加州だと確信したような口ぶりだった。彼女の目には何が映ったのか。

「ずいぶん長くヘリに乗ってるけど、こんなこと初めてだよ」

興奮冷めやらぬ様子で語る洋一郎とは対照的に、楼葉は無言のまま、どこか自信に満ちた表情で前方の暗い空を見つめていた。

その後ヘリコプターの飛行は落ち着いたが、高齢の鈴葉に配慮したのか、洋一郎は速度を落とし慎重に操縦しているようだった。

結局、碇矢邸のヘリポートに到着したのは午後六時過ぎになった。ヘリコプターから降りて機体にライトを当てると、黒い影と接触した辺りが少しくぼみ、赤茶っぽく変色していた。

鈴葉が再び叫ぶ。

「これは血じゃないか！　間違いない。やっぱり加州だよ。あの子はケガをしてる。すぐに手当てをしなきゃ！」

そう云われれば確かに血痕のようにも見える。

楼葉がポケットからケータイを取り出し、相模湖署の刑事に連絡した。

＊

すぐに夕食の時間となり、ダイニングルームで楼葉が、軽井沢からの帰りに起こった出来事を彩葉と安奈に伝えた。二人とも驚きを隠せない様子だ。

ヘリを操縦していた洋一郎がうなだれたまま「高度五百mの上空で接触するなんて、あれはいったい何だったんだろう」とつぶやく。

「――あれは加州だよ」

鈴葉が胸を張って告げた。楼葉も続く。

「やはり加州さまは大空を飛んでいた。念願だったイカロスになったのよ」

彩葉は目を輝かせて、大きくうなずいた。

「加州さまはこれまで何度も不可能を可能にしてきたものね」

安奈も両手を合わせる。

「とうとうパパの夢が叶ったんだ」

一族で共通認識が生まれたせいか、少しその場の雰囲気が和《なご》んだような気がした。

玄関のチャイムが鳴ったのは、夕食後のデザートを用意している時だ。私は紅茶を注いでいたので、美樹が応対してくれた。

「相模湖署の刑事さんがいらっしゃいました。いかがいたしましょうか?」

先輩メイドの問いに、楼葉が「こちらに通して」と応じる。

しばらくすると、美樹は三人の男性を連れて戻ってきた。そのうちの一人は何度もこの屋敷に足を運んでいる刑事だ。

「どうも皆さん。相模湖署の坂崎です。先ほど、こちらの楼葉さんからお電話をいただき、本日二度目になりますが参上しました」

「よろしくお願いします」

社長秘書が立ちあがってお辞儀をする。

「聞くところによると、ヘリコプターを操縦している時に奥多摩《おくたま》の上空で、失踪中の碇矢加州氏に接触したとのこと。正直申しあげて、通報の意図がよく解りません」

「いや。ですから――」

「困るんですよ、こういうデマで警察組織が振り回されるのは」

坂崎刑事は肩をすくめて、碇矢家の一族を見回した。

突然、鈴葉が声を張る。

「いえ、あれは加州です！　私はあの子が小さい頃からずっと見てきました。間違いありません！」

彼女は寸分も疑っていないようだ。

「――ちょっとお待ちください」

そう云って坂崎刑事の前に立ったのは、三人の中で最年長と思われる、白髪で身体の大きな人だった。

「私は相模湖署の署長を務める八木《やぎ》と云います」

「署長さんがどうして？」

楼葉が不思議に思うのも無理はない。警察の組織内部で、雪奈の転落事故や加州の失踪事件が波紋を呼んでいるのだろうか。

「いえいえ。用があるのは私ではなく、こちらの神奈川県警トップの宇賀神《うがじん》本部長です。私はここまでお連れしただけですので」

神奈川県警の本部長って、警視庁の警視総監にも匹敵するお偉いさんじゃないの。どうしてこんな相模湖くんだりまでわざわざ出向いてきたんだろう。

「これはこれは宇賀神さん。ようこそ碇矢邸へ。あなたは地元では一番の著名人。事前に連絡をいただければお迎えに伺いましたのに」

彩葉が県警トップに近寄りお辞儀をすると、その男は「いえ。こちらが勝手に押しかけたのですから」とにこやかに返した。

へえ。そんなに有名な人なんだ。

「――琴葉おばさん！　お久しぶりです。宇賀神和也《かずや》です」

えっ？　何だ何だ？　何云ってんだ、この人？

視線を向けられた鈴葉が応える。

「人違いですよ。琴葉は五年前に亡くなりました。私は姉の鈴葉です。失礼ですが、どういうご関係で？」

「ああ。大変失礼しました。あまりにも似てらっしゃったので」

「双子ですからね」

「実は私、こちらの当主、碇矢加州氏と同級生で、小学校中学校とずっと一緒だったんです。彼は身体にハンデを負いながらも自分の夢を追い続ける、強い人間でした。私はそんな加州にずっと尊敬の念を抱いていたんです。この度、こちらの八木署長から、碇矢グループのトップとして成功していた加州が謎の失踪を遂げたと聞き、取るものも取りあえずこうしてお邪魔した次第です」

宇賀神という警察官が熱く語ると、鈴葉は「そうでしたか」とおもむろに立ちあがり頭を下げた。

隣にいた楼葉が問いかける。

「加州さまの秘書を務める呉田楼葉と申します。宇賀神さま、胡桃さまはご存知ですか？」

「はい。子どもの頃、何度かこの屋敷に招かれたことがあって、その時一緒に遊んだ記憶があります。今日はいらっしゃらないのですか？」

「今週の日曜日に亡くなりました。末期がんで余命宣告を受けていましたので」

「そうですか。知らぬこととは云え――」

バツが悪そうに頭を下げる宇賀神。楼葉は構わず説明を続ける。

「その胡桃さまから、宇賀神さまの話は何度かお聞きしました。加州さまが小学生の頃にクラスメイトからいじめを受けていたこと、たまりかねて彼らを罵《ののし》ったところさらにいじめがエスカレートしたこと、そんな加州さまをいつもかばっていた正義感あふれる同級生の少年がいたこと。それが宇賀神さまでございますね？」

「実際はそんな美談ではありませんが――」

「いえいえ。同じクラスではなかったけれどいつもいじめっ子から加州さまを守ってくれたと、胡桃さまがおっしゃってました」

「胡桃さんもどなたかからの受け売りでしょう。彼女がその場で見ていた訳ではないでしょうから」

そう云って神奈川県警のトップは爽やかに微笑んだ。

この人、本当に加州と同い年なのか。なぜか宇賀神の方が圧倒的に若く活き活きして見える。あくまでも第一印象だけど。

「――皆さん。少し私の話を聴いてください。八木署長からの報告と楼葉さんの話を整理しますと、たった一週間のうちに、加州の姉、胡桃さんが亡くなり、加州の妻、雪奈さんが階段から転落して生死の境をさまよい、そして加州自身が忽然《こつぜん》と姿を消し、なんと高さ五百ｍの上空でヘリコプターと接触したという。どう考えても普通じゃない。異常です！」

確かに異常と云う他ない。まったくやる気の無い坂崎とかいう刑事と違って、この本部長は期待できそうだ。

「胡桃さんの死、雪奈さんの転落、加州の失踪という三つの事案は、もしかすると関連性があるのかもしれません。どうか、碇矢家の自家用ヘリコプターのみならず、胡桃さん、雪奈さん、加州の部屋を徹底的に調べさせていただけませんか？」

気迫あふれる宇賀神の言葉に社長秘書が反応する。

「宇賀神さま」

「はい」

「加州さまの失踪はわが碇矢グループにとって一大事です。一刻も早く解決して通常執務に戻っていただくために、指紋照合でもＤＮＡ鑑定でも、納得するまでお調べください。一族の総意としてお願いいたします」

楼葉の発言に洋一郎と彩葉が大きくうなずく。

「皆さん、ご協力感謝いたします。それともうひとつ――」

「何でしょう？」

「少し気になるので、加州の部屋から投げ落とされたというスーツケースは相模湖署で預からせていただきます。落ちた場所の土が柔らかかったせいかもしれませんが、十ｍの高さから落下したスーツケースにキズやへこみが無いのは気になります。鍵が掛かっているようですが、こちらで解錠しても構いませんか？」

宇賀神の要求に、楼葉が「結構です」と即答する。

「ありがとうございます。もうすぐ私の部下が鑑識係を連れてこの屋敷に到着することになっています。科捜研《かそうけん》にはすでに話をつけてありますので、ヘリの機体に残ったシミや屋敷内の痕跡を急いで分析し、真相を究明したいと思います」

さすがは県警トップ。語り口にキレがある。有能な神奈川県警本部の捜査チームが雪奈の転落や加州失踪の謎を解き明かしてくれると信じたい。

しばらくして二人の刑事が数名の鑑識係を引き連れて碇矢邸にやってきた。丸顔の人物が宇賀神に一礼し、家人に挨拶する。

「碇矢家の皆さん、神奈川県警で刑事部長を務める森下洋光《もりしたひろみつ》と云います。お取り込みのところ恐縮ですが、今からこちらの屋敷に鑑識が入ります。できるだけ皆さんの邪魔にならないよう配慮しますので、ご協力をお願いします」

すぐに洋一郎と私が指名され、若い方の刑事や何人かの鑑識係と一緒にヘリポートに向かうことになった。電動カートの中で、刑事が私に語りかける。

「県警刑事部捜査一課の浅倉陽介《あさくらようすけ》です。――和久井麻琴さん？」

「は、はい」

どうしよう。私、県警本部の刑事に聞き込みされてる。すごいことだけど、こういう話はＳＮＳにアップしちゃいけないんだろうな、やっぱり。

「ヘリが上空で何かと接触した時、君も乗ってたんだよね？」

「はい。そうです」

「何か見た?」

「ええ。黒い影を見ました」

「黒い影ねえ。それ、何だと思った?」

「私も、鈴葉さまがおっしゃるように人間だと思いました」

「つまり、鈴葉って婆さんが人間だと云ったから自分もそう思ったってことだね?」

ん? 何かちょっと違和感があるな。

「あ、いえ。ヘリにぶつかったあと、両手を広げてのけ反ったように見えたんです」

「あのさ上空五百mだよ。そんなところでヘリと人間が接触する? よく考えてよ。それって人間が空を飛んでたってことだよ? そんなこと云って、君、責任持てんの?」

「そう云われるとちょっと自信が持てないんですけど――」

これって何か誘導されてない? 私はただ、ヘリが何か黒い物体に接触して私にはそれが人間のように見えたって云いたいだけなんだけど。

「はい、了解。もういいよ」

浅倉はそのまま「すでに辺りが暗かったので自分が見たものに自信が持てない」とつぶやきながら、自分の手帳に何やら記録していた。

この人、大丈夫かな。宇賀神本部長が求めてるのはこういう捜査なんだろうか。

ヘリポートに着くと、鑑識部隊は洋一郎の証言からヘリコプターの接触箇所を特定し、そこに残された赤いシミを丁寧に拭き取った。洋一郎が浅倉という刑事に「離陸前に点検した時はこんなシミは無かったんです!」と力説している。

鑑識の人たちがさまざまな角度から写真を撮る姿を、私はテレビの刑事ドラマを観るような感覚で眺めていた。ああ、この様子をスマホで撮ってSNSにアップしたい。

屋敷に戻ってきた浅倉たちから報告を受けた宇賀神は、碇矢家の一族に向き直った。

「皆さん！　ただ今、ヘリコプターの機体に付着した、血痕と思《おぼ》しき赤いシミの採取を完了しました。こちらの鑑定結果は一両日中に出ると思いますので、それまでは本件について憶測や思い込みで、マスコミなど外部の者に話すことは差し控えていただきますようお願いします。邸内においても、胡桃さんと雪奈さんの部屋を含め、ひと通りの捜査を終えましたので、本日のところはこれにて失礼します」

宇賀神は、碇矢家の人たちが勝手なストーリーをメディアに伝えることの無いよう釘《くぎ》を刺して、部下の森下や浅倉とともに屋敷から去っていった。

確かに、今回の事件は新聞の三面記事を独占しそうな内容だ。なんたって、足の不自由な資産家が子どもの頃からの夢を叶え、イカロスのように大空へと飛び立って、東京スカイツリーの展望台ほどの高さでヘリコプターと接触したという話に、当主の姉の病死と妻の転落事故が加わるんだから。

それぞれの謎がつながっているとは思えないけど、お茶の間の名探偵たちはこれをすべて一連の事件として荒唐無稽《こうとうむけい》な推理を働かせるに違いない。

ワイドショーの取材記者が連日碇矢邸を取り囲んだら、買い物に行くにもひと苦労だろうな。どうか皆さん、ここは宇賀神本部長の忠告に従ってほしい。

＊

ねえ。この事件、どう思う？

(えっ、何が？)

もう、さっきの話聴いてなかったの？

(ああ、当主が失踪した話か。とりあえず科捜研の分析結果を待つしかないね。ヘリの機体に残されたシミの正体が判れば、真相が見えてくるんじゃない？)

神奈川県警の宇賀神本部長が、この一週間に起こった碇矢家の出来事は異常だと云ってた。

(麻琴が云う通り、碇矢邸は伏魔殿なのかもしれないな。まあ、ちょうどいいじゃん。この機会に、県警トップの指示のもとで徹底的に調べてもらえば)

何か気になることがあるの？

(うん。革靴の中に入った小石みたいにね)

あんたは革靴なんて履いたことないでしょうが。

(――加州が失踪したのは十一月二十二日の早朝だよな？)

そうよ。それがどうかした？

(同じなんだよ。息子の夏威児が自動車事故で死んだ日と)

そう云えば、先週シェフの小暮さんがそんなこと云ってたっけ。

(もしかすると、天国の夏威児が父親を呼び寄せたのかもしれないな)

第3章

碇矢家の血が絶える

二〇一九年十一月二十四日（日）。

あわただしい一日が始まった。

この日は碇矢家当主の息子、夏威児の七回忌だ。一周忌、三回忌に続いて三回目の年忌法要となる。

胡桃が他界したあと鈴葉の世話係に任命された私も、当然その運営に駆り出されることになった。

法要の準備で私たち使用人は朝からてんてこ舞いだ。

朝食後のミーティングでは、彩葉が年忌法要の段取りについて説明してくれた。ざっくりと、鈴葉の挨拶、僧侶の読経《どきょう》、焼香《しょうこう》、僧侶の法話、締めの挨拶があって、会食という手順だ。

七回忌というのは、四十九日であの世に行った故人の魂が落ち着いて、仏の慈悲が行き渡る日らしい。彩葉はさらに、お釈迦《しゃか》さまが誕生した際に七歩歩いたという伝説や、人間の迷いの姿である六道の世界を超えて悟《さと》りに至ることから『七』という数字が大切にされているという教えを授けてくれたけど、さすがに難しい話は肩が凝っちゃうね。

ふとリビングルームの窓から外を見ると、相模湖の周辺は見事に紅葉していた。ケヤキやカエデ、クヌギといった樹々が、この屋敷を訪れた参列者の目を楽しませるに違いない。

鈴葉から聴いた話によれば、カリフォルニア州に住んでいた夏威児は妻とともに、ロサンゼルス国際空港に向かうハイウェイで自動車事故を起こして死亡したらしい。二人は日本行きのチケットを所持していたようだ。祖母の琴葉はその事故以来体調を崩し、しばらくして亡くなったとか。

夏威児の四才年上の姉、栗栖も幼くして亡くなっている。加州の子どもたちを自分の孫のように可愛がっていた鈴葉も、二人の死に大きなショックを受けたと語っていた。

午前九時半。そろそろ参列者が姿を見せる時間だけど、屋敷の庭に設置した受付の辺りが騒がしい。何やらもめているようだ。

すかさず社長秘書の楼葉が向かう。私もあとを追った。

「何事ですか?」

「おお、ローハ。久しぶりだな」

小さな子ども連れの若い男が馴れ馴れしく語りかける。

「箕輪《みのわ》さま。本日は七回忌につき、先代夏樹さまの傍系血族を中心に親族のみ案内状を送付し、ご参加いただいております。どうかお引き取りください」

そうか。三回忌法要までは多くの人に集まってもらうけど、七回忌は遺族と親族だけが対象なんだ。夏樹の兄弟姉妹やその子、孫たちは、加州の財産を相続する権利こそ持たないが、代が変わった今でもその多くが碇矢グループで働いてるんだろうな。

それにしてもこの人、案内状も無いのに来たのかな。

「俺たちも親族だろ？　夏威児さんは義兄なんだから」

「申し訳ありませんが、碇矢家以外の方をお通しすることはできません」

楼葉は毅然《きぜん》とした態度で云い放った。何だか鬼気迫る様子だ。

「お前も碇矢家の人間じゃないだろう？」

「当主である加州さまの命《めい》により、碇矢家の行事運営と財産管理はわが呉田家が仰せつかっておりますので」

遅れてその場に姿を見せた先輩メイドが私に耳打ちする。

「あの人は箕輪奏多《かなた》さんと云って、夏威児さんと一緒に亡くなった紅亜《くれあ》さんの弟だよ。奏多さんと楼葉さまは高校の時、仲の良いクラスメイトだったらしい」

へえ。でも楼葉の方は全然親しそうじゃないけど。

そう云えば、美樹が以前、夏威児と楼葉は親同士が決めた婚約者だったけど、御曹司は家族の反対を押し切って別の女性と駆け落ち同然に渡米したたって話をしてたな。つまり、赤っ恥をかかされた楼葉は紅亜と箕輪家を深く恨んでるってことか。

いや、楼葉だけじゃない。碇矢家と呉田家の人々は誰一人として、紅亜を嫁として認めていないに違いない。つまり、夏威児と紅亜は親族の意向を無視し、勝手に籍を入れたということだ。

「ローハ。残念ながら、お前も碇矢家の人間と同じだ。病んでるよ！」

「ご心配なく。あなたが思うより健康です。そもそも、夏威児さまが亡くなったのは箕輪家の責任だと私どもは認識しています！」

「ふざけるな！　姉さんは碇矢家に殺されたんだ。碇矢家の嫁なんかにならなければ姉さんが死ぬことはなかった。この一族は呪われてるんだ！」

その時――。

大音量で叫ぶ二人の声に驚いたのか、奏多の隣にいた男の子が泣き出した。

いけない！　すぐに駆け寄り、持っていたハンカチでその子の涙と鼻水をやさしく拭きとる。急に大声で云い争いを始めたから怖かったのね。可哀そうに。

男の子が泣きながら洟《はな》をかむと、勢いをつけすぎたのか鼻血が出てしまった。庭にぽたぽたと落ちる。大変だ。あわててハンカチで鼻を押さえた。

ああ、お気に入りのハンカチなのに――。

目ざとく楼葉が鼻血に気づく。

「え？　ちょっと何してるの？　お庭が汚れるじゃない！」

ヤバい。また怒られちゃう。ここはお茶を濁さなきゃ。

「えへへ。ナッツの食べすぎですかね」

今にも爆発しそうな楼葉を尻目に「箕輪さま、ひとまずここは」と促して、男の子を抱きあげ受付の後方へと誘導する。あとに続く奏多に「こちらです」と話しながら進むと、前方から来た別の参列者とぶつかってしまった。

「ああ。申し訳ありません」

頭を下げて許しを請《こ》うと、「大丈夫ですよ、和久井さん」という聞き憶えのある声が返ってきた。

そこに立っていたのは神奈川県警の宇賀神本部長。部下の森下っていう刑事部長と一緒だった。

「実は、法要が終わったあとで碇矢家の皆さんと話をしたくてね」

「ああ、そうですか。ちょうど今、受付に社長秘書の楼葉さまがいますので、どうぞそちらへ」

ナイスタイミング！　これで楼葉が鼻血のことを忘れてくれればいいんだけど。

「この話は、衝突事故の時ヘリに乗っていたあなたにも聴いてもらいたいので、ぜひその場に同席してください」

そう云い残して宇賀神たちは受付に向かって進んでいった。

どういうこと？　私、碇矢家の人間じゃないし、正直云うと、あんまりこの一族とは関わりたくないのよね。

「――仁《じん》、大丈夫か？」

奏多が子どもの顔をのぞき込む。

この子、仁って云うんだ。まだ小学校入学前かな。可愛い盛りね。

「あのう、箕輪さま。お子さんの鼻血が止まるまで、しばらくそこのベンチで休まれてはいかがでしょうか？」

奏多が無言でうなずく。そのまま立ち去る訳にもいかず、ベンチに腰掛けしばらく子どもの面倒を見ることにした。

「なんて可愛いんでしょう。――仁君、いくつ？」

男の子は何も云わず、右手をパーにしてこっちに向けた。

「五才か。じゃあ、幼稚園かな？」

「うん。はしばみ幼稚園のそら組だよ」

少し照れながらも、仁は透明で艶のある翡翠《ひすい》のような瞳でハキハキと答えた。何だか嬉しくて、その様子を黙って見ていた奏多に話しかける。

「この子、天使みたい。とてもきれいな瞳ですね」

「あんたには関係ないだろう！」

えっ？　思わず「すみません」と謝る。私、何か気に障《さわ》るようなこと云ったかな。

そうか。きっと楼葉とのやり取りをまだ怒ってるんだ。

「あのう。ここのところ屋敷内でいろいろあって、楼葉さまもピリピリしてるんだと思います」

「いろいろって？」

奏多が興味を示す。夏威児の義弟であれば今さら隠し立てする必要も無いと考え、胡桃の病死に始まって、雪奈の転落事故、加州の不可解な失踪が立て続けに起こったことをかいつまんで話した。

「やはりそうか。さっきも云っただろ？　この一族は呪われてるんだよ」

＊

午後一時過ぎ。七回忌法要は滞りなく終了し、碇矢家の人々や関係者が神奈川県警の要請によってリビングルームに集められた。

鈴葉の判断により法要に参列することが認められた奏多もまだ残っていた。息子の仁が眠ってしまったからだ。リビングルームのソファに寝かせられた仁を見て、鈴葉は「おやおや疲れちゃったのかねえ。起きてる時に会えてたら一緒に遊んであげられたのに」と微笑んだ。

関係者全員がそろったところで、県警トップの宇賀神本部長が口を開く。

「皆さん。法要後のお忙しい時間をお借りしたのは、先日わが神奈川県警の鑑識係がこちらの自家用ヘリコプターの機体から採取した赤いシミについて、科捜研から分析結果が届いたからであります」

「結果はどうだったんですか？」

副社長の洋一郎が身を乗り出す。

宇賀神の脇に控えていた刑事部長が「分析結果については、私、森下からお伝えします」と告げ、一歩前に出た。

「ヘリの機体に付着していたのは人間の血液であり、そのＤＮＡを照合した結果、当家の主である碇矢加州氏のものと一致しました」

——なんと！

マジか？　信じられない。リビングルームに大きなどよめきが走る。

洋一郎は額《ひたい》に右手を当てたまま「そんなバカな。あの時加州さまは地上五百ｍの上空を飛行していたというのか」とつぶやき、シェフの小暮寛治は目を丸くして「あり得ない。これは何かの間違いだ」と吐き捨てた。

これに対し彩葉と楼葉は、当主が大空へと飛び立った確証を得たことに狂喜した。

「ああっ！　加州さまはやはり、自分の力で空を飛ぶという夢を叶えたのね」

「加州さまは本当にイカロスになったんだ。きっと次の時代の救世主となるに違いない！」

つまり、あの時の鈴葉の指摘は的を射ていたということか。私が見たあの黒い影はやはり加州だったんだ。鈴葉は目を閉じたまま静かにうなずいた。

ざわめきが収まらない中、一人の女性が宇賀神と森下の前に進み出る。

安奈だった。その目はすでに潤んでいる。

「お願いです！　警察の皆さん、パパを捜してください。パパは大きなケガをしてるはずです。ヘリコプターと接触した辺りで動けなくなってるに違いありません。一刻も早く助け出してください！」

令嬢の健気《けなげ》な訴えにもらい泣きしそうになった私は素早く歩み出て、後ろから手を差し伸べた。

「私からもお願いします。大階段から転落した奥さまは未《いま》だに意識が戻りません。このままだとお嬢さまは独りぼっちになってしまいます！」

宇賀神は澄んだ目で大きくうなずき、「できるだけのことはするつもりです」と約束した。

「――浅倉警部、続きを！」

丸顔の刑事部長が部下の浅倉を指名する。

へえ。この人、警部だったのね。童顔だから下《した》っ端《ぱ》だと思ってた。

浅倉警部は「承知しました」と応じ、大きく咳払いをした。

「ヘリコプターから採取したDNAは碇矢加州氏のもので間違いないのですが、こちらの屋敷に残されていた胡桃さんの毛髪から検出したDNAと照合したところ、双方のDNAには親族関係が認められませんでした。つまり、お二人のうちの少なくともどちらかが碇矢家の血筋ではないという可能性があります」

えっ、どういうこと？

再びリビングルーム内がざわつく。

この一族にとって碇矢家の血は神聖なものだ。この血こそがすべての拠り所であり、これを否定することは、彼らが信仰の対象としている聖なる存在を否定することにもなりかねない。案の定、彼らは「碇矢家に人間界の常識は通用しない！」とか「そんな小さな枠では捉え切れない。それは人間が神を定義するようなものだ！」などと、勝手気ままに論じている。

でも、私は違う。ＤＮＡの鑑定結果に関して、ひとつの解《かい》を持っている。真実と云ってもいい。

――ディンドン、ディンドン。

鐘だ。頭の中で鐘の音が鳴り響く。

（おい、麻琴）

何よ？

（おもしろくなってきたな。想定外の展開だ）

バカ！　不謹慎よ。失踪した碇矢家の当主は今もって行方が判らないんだから。

（解ってるって）

この、私の意識に無遠慮に語りかけてきた男の名前は『誠《まこと》』。

実は私の、ちょっと変わった病気の正体はこいつなのだ。

＊

二〇一七年三月、アメリカのカリフォルニア州で、テイラー・ミュールというモデルが、ある事実を公表した。身体の片側を占める変わったアザの正体がついに判ったというのだ。それは、自分の双子のきょうだいが存在した痕跡であり、さらに彼女が複数のＤＮＡを持つ証でもあった。

通常、細胞はひとつの受精卵が分裂を繰り返して形づくられるので、我々は個々に同一のＤＮＡを持つ。この遺伝情報に基づいて身体の器官や臓器が作られるため、ＤＮＡは生命の設計図とも呼ばれるんだ。

よく「双子は強い絆《きずな》で結ばれている」って云われるけど、テイラーは母親の子宮の中で二卵性双生児のきょうだいと融合し、自分自身ときょうだいのＤＮＡをそれぞれ持つことになったという。

彼女のように、異なる複数の遺伝情報を持つ個体を『ＤＮＡキメラ』と呼ぶ。本来双子として生まれてくるはずの受精卵が、早い段階で合体したり、一方の細胞がもう片方に混ざり込んだりして誕生するらしい。

キメラという言葉は、ギリシャ神話に登場するキマイラに由来する。ライオンの頭と山羊《やぎ》の胴体、毒蛇の尻尾を持つこの怪物は、強靭《きょうじん》な肉体を持ち口から火炎を吐くという。輸血や臓器移植を除く生来的なＤＮＡキメラは、驚くことに十億人に一人の割合でしか発現しないのだとか。

そして――。

私にもテイラー・ミュールと同じようなアザがある。

おへそを中心にしてお腹の肌の色が左右で異なるのだ。ずっと単なる変わったアザだとしか思ってなかったけど、それは双子のきょうだいの遺伝子構造によるもので、私がキメラであることを示す徴候《ちょうこう》だった。

あれは忘れもしない、中学三年生の春。授業中に突然激しい頭痛に襲われた私は、近くの医院では原因が特定できなかったため、有名な大学病院で検査を受けることになった。

遺伝医学の教授だった担当医は私のお腹のアザに注目し、血液検査だけでなく細胞レベルの検査まで実施した。そして、私が複数のＤＮＡを持つキメラであること、双子のきょうだいの細胞が腫瘍《しゅよう》となり左脳内に存在すること、頭痛はその脳腫瘍が頭蓋骨の内部を圧迫している状態——頭蓋内《とうがいない》圧亢進《あっこうしん》というらしい——が原因であることを、少し興奮しながら私に告げたのだ。

担当医は「脳腫瘍は切除することもできるが、良性なのでそのままにしても問題は無い」と云ってくれたけど、しばしば起こる頭痛がつらかったので、難しい手術でないのなら切除してもらおうと、その時は考えていた。

そして、運命的な夜を迎える。なんと、誠がその時初めて自ら主張してきたのだ。

いつも独りぼっちだった私には、物心ついた時から、頭の中で自問自答するように会話する相手がいた。「私は麻琴よ。あなたは誰？」と訊くと「俺もマコトだよ」と応えたので、私は彼に『誠』という名前を付けた。幼少期は誰でも心の中に、そういうイマジナリーフレンドのような存在を持つものだと思いこんでいたのだ。

その夜、誠は何度も「左脳にメスを入れるな」と私に訴え、本来は二卵性双生児として生まれてくる予定だった私たちの特異な関係について語り始めた。

こんな内容だ。

母親のお腹の中で双子のうちの一人が健全に成長できずに亡くなり、消えてしまう現象をバニシングツインと云う。これは双子を妊娠した場合の十％〜十五％くらいの割合で起こるもので、妊娠初期の場合、残った胎児の命をつなぐため、亡くなった胎児は子宮の中に吸収されて消滅するのが一般的だ。

この時、健《すこ》やかに育たなかった一方の胎児が母体に吸収されないまま、もう一方の胎児の体内に『へその緒』を通じて入りこんで宿ることがごく稀に発生するらしい。私たちの場合は、二卵性双生児の片割れである誠の細胞が私の体内で分化、成長して、そのまま腫瘍になったと考えられる。

このような現象は『寄生性双生児』と呼ばれ、世界じゅうでいくつかの症例が報告されている。

二〇一四年九月、ロサンゼルスで二十六才の大学院生が読解力の低下に悩まされ、脳腫瘍の摘出手術を受けた。内視鏡による手術は無事成功したが、腫瘍の正体は胎児であることが判明する。骨や髪、歯がはっきりと確認された。

二〇一六年四月、マレーシアに住む十五才の少年が強い腹痛と腹部の膨張を訴え、胃の中にあった大きな腫瘍を手術で摘出した。異物の正体は、十五年前に誕生できなかった双子の弟であることが判明する。体長は二十三・八cm、重さは一・六kgほどで、変形した手足や髪の毛が生えた頭部も認められた。そこにつながっていた複数の栄養補給器官は、十五年もの間この少年から栄養分を吸収しそれぞれが共存していた事実を示している。

二〇一七年五月、中国湖北《こほく》省に住む十二才の少女が、大きく膨らんだ腹部を病院で診てもらったところ、卵巣の中に奇形腫が存在することが判明し、摘出手術を行った。重さ六kgほどの腫瘍の中には、多くの人体組織が存在していた。手塚《てづか》マンガの傑作『ブラック・ジャック』に登場するピノコ――双子の姉から摘出された畸形嚢腫《きけいのうしゅ》の中にバラバラに収まっていた脳や手足、内臓を、ブラック・ジャック医師が組み立てた――を彷彿《ほうふつ》とさせるような話だ。

どうやら私の左脳にある腫瘍の中には、誠の脳が存在しているらしい。それゆえ私たちは特殊な電気信号を発信することによって会話できるのだと、彼は云った。寄生する側の誠がどう感じているのか判らないけど、彼が呼びかけてくる時は鐘のような音が私の脳内で鳴り響く。

いつも誠が近くにいることをごく自然に感じるのは確かだけど、これはいわゆる解離《かいり》性同一性障害とは明らかに違う。私たちの脳はそれぞれが疑いなく独立しており、別の人格というより別の意識と表現する方が適切だ。

私の身体の中に気まぐれな同居人がいて、時と場所を選ばず、気が向いた時だけ左脳の奥から語りかけてくると説明すれば、この特殊な状況が伝わるだろうか。私が見たもの、聞いたもの、体験したものを共有し、誠も自分の記憶として認識しているから、何も説明しなくても彼はすべてを理解している。

——二つの意識を持つキメラ。

これが私の真実だ。どちらが主でも従でもない。好むと好まざるとにかかわらず、この状況を受け入れて同じ道を歩む以外に選択肢は無いのだ。

(でも、Y染色体を持ってる女は結婚できないかも)

解ってるわよ！　だから今まで彼氏が一人もいないんじゃない！　ホント、いちいち腹立つなあ。

誠が云うには、本来ヒトの染色体は『XYなら男性』『XXなら女性』と決まっているらしい。男性が存在するためにはY染色体が絶対に必要であり、逆に女性にはY染色体は無い。つまり、私の身体には、女性には無いはずのものが存在するということなんだ。

そう。私は生まれつきの『DNAキメラ』で、超自然的ハイブリッドな存在なのだ。しかも、もう一人のきょうだいの意識が存在するという極めて珍しいタイプだ。これはきっと神さまの悪戯《いたずら》に違いない。

(麻琴がそこいらのアイドル顔負けのルックスなのも神さまの悪戯かもね)

何、おべんちゃら云ってんのよ。

でも確かに、男の人から「可愛いね」って云ってもらうことは多いかな。何年か前、友達と表参《おもてさん》道《どう》を歩いてる時に、芸能事務所の人からスカウトされたことがあったもんね。

(あれって、いかがわしい映像会社のスカウトじゃなかったっけ？)

違うわよ！　ちゃんとした大手の芸能プロダクションだってば！　純粋に私の魅力を見抜いたんでしょうね。いやはや、プロの目は欺《あざむ》けないわ。

だけど――。

残念ながら私は賢くない。それどころか学力順位的には下から数えた方が早いくらい。先天的に物事の理解度が低いのだ。だから、積極的に身体を使って誰かの役に立つ仕事をしたいと考え、福祉系の高校に進んだ。

そんな私が難関の三田義塾《みたぎじゅく》大学に現役で合格したのは、代わりに誠が試験問題を解いてくれたから。なんたって彼は知能指数が百八十を超える天才だからね。私の腫瘍の中に存在する誠の脳細胞は、小さいけど想像を絶するほどのスペックなんだろうな。きっと灰色ね。

大学の合格発表の当日、高校の担任教師が、鳩が豆鉄砲を食らったような顔をしていたことを思い出す。カンニングと云えばカンニング、替え玉と云えば替え玉だけど、私自身が受験したのは紛《まぎ》れもない事実だ。

とまあそんな訳で、私のこれまでの学歴はほとんど誠のおかげ。

（そうそう。よく解ってんじゃん）

うるさいなあ。静かにしてよ。

でも、私は大学に入ってから自分を見つめ直した。このままじゃいけないって思ったんだ。ここ一番でいつも誠に頼っていたら、私の存在価値ないもんね。

だから私は大学を中退して、自分の知識と経験を最大限に活かせる仕事を始めた。それが結果的に碇矢家のような屋敷の使用人として働くことにつながったんだ。とりあえずここでは、自分一人の力で生きていると胸を張って云える。

（偉いね、麻琴ちゃん。お兄ちゃんは嬉しいよ）

勝手に兄貴面《づら》しないでよ！　弟かもしんないでしょ。

そう云えば、誠はかつて、自身のDNAがとても珍しい『三重螺旋《らせん》構造』なのだと教えてくれたことがあった。

本来、私たち人間のDNAは二重螺旋構造になっているのだけど、ゲノム解析技術の進歩により、実際に機能しているDNAは三十％程度で、残りの七十％は、まだ機能が特定されていない『ジャンクDNA』であることが判っているらしい。

ところが、ごく稀に存在する三重螺旋構造のDNAを持つ者は、機能しているDNAの割合が高く、二重螺旋構造の人間よりも脳が活発に働き、寿命が長く、病気にもかからない。つまり思考力と生命力と免疫力がすぐれているのだとか。これらは、二重螺旋よりも三重螺旋の方が構造的に安定していることに起因するという。

誠の、百八十を超える知能指数が、この三重螺旋構造のDNAを基盤として成り立っていることは間違いない。

彼は単なるイマジナリーフレンドじゃない。言葉で説明するのは難しいけど、私にとっては守護天使とか妖精に近い存在なんだ。実際これまでも、私が困った時にはいつも助けてくれた。頭は良くないけど容姿はそれなりの私と、肉体は持たないけど天才的な頭脳を持つ誠。ひとつの身体にふたつの遺伝子が共存しているのだ。

一般に、異なる遺伝子が体内に入ると拒絶反応を示すことが多いという。初期段階で合体した場合は比較的それが起きにくいらしいけど、私の場合、時折り耐えがたいほどの頭痛に悩まされているのも事実だ。身体の中でキマイラが暴れているのかもね。十代の頃に比べると痛みが増しているので、私たちのこの関係がいつまで続くのかは正直判らない。でも私は、可能な限り誠と一緒に生きていくと決めたんだ。たとえ何があっても、彼を信じてるからね。

——ところで、誠。

加州失踪の謎は解けそう？

（…………）

あれっ？

おい、誠！　寝たふりすんな！　起きろ！

もう。都合が悪くなるといつもタヌキ寝入りするんだから。

ホントに困った相棒《ヤツ》だ。

＊

「——ちょっとよろしいでしょうか？」

リビングルーム内の全員が、手を挙げた私の方に振り向く。

「世の中には、ごくわずかですが、体内に複数のＤＮＡを持つ人間がいます。だから、採取する場所によっては、親子関係や親族関係の無いＤＮＡを検出してしまう場合があると思うんです」

浅倉警部が、やれやれといった感じでかぶりを振る。

「君は知らないだろうが、今年の四月から、全国の警察においてDNA鑑定に関する新たな検査試薬が導入されているんだ。これにより、同じDNA型の出現頻度が従来の『四兆七千億人に一人』から『五百六十五京《けい》人に一人』となり、より精密な個人識別が可能になった」

「いえ、私が云いたいのは――」

「DNA鑑定は今や個人の識別方法として確立されている。それぞれが異なるDNAをひとつずつ持っていることが認知されているからだ」

「その、一人にひとつという前提が間違ってるんです。カリフォルニア州に住むテイラー・ミュールやワシントン州に住むリディア・フェアチャイルドのように、生まれてくることができなかった双子のDNAを体内に宿している可能性は誰にでもあります。発生する確率は十億分の一とか云われますが、間違いなく存在するんです」

この私もその一人、と口に出そうとして思いとどまる。今の日本じゃ奇人変人扱いされるのがオチだ。

宇賀神が「なるほど」とつぶやいて、私の前に立った。

「ご高説《こうせつ》は承りますよ、和久井さん。つまり、生まれなかった双子のDNAを体内に持つ母親の場合、実の子どもであってもDNA鑑定で親子関係が認められないケースがあるということですよね？」

「そうです」

この本部長、今の話をこの短い時間で理解したのだろうか。私なんか、誠が云ってることを理解するまで何ヶ月もかかったというのに。

「ただ、今回のケースでいえば、仮に琴葉さんがこの世に生を受けなかった双子のDNAを体内に持っていたために、琴葉さんと胡桃さん、または琴葉さんと加州の間に親子関係が成り立たなかったとしても、胡桃さんと加州の間には何らかの親族関係が認められるのではないでしょうか？」

なるほど。宇賀神の云うことにも一理ある。確かに、姉弟《きょうだい》の間に親族関係が認められないのは理屈に合わないような気がする。

私の表情を読み取ったのか、エリート公務員が薄く笑う。

「もっとも十億分の一じゃ、そんな特殊な人間が人口一億二千万人程度の日本に存在することはほぼ無いでしょうけどね」

——うっ。

確かにそうかもしれない。確率的に、ここにもあそこにもという訳にはいかない。しかもその貴重なひと枠は私が押さえてしまっている。

宇賀神が続ける。

「胡桃さんと加州のＤＮＡに親族関係が認められなかったのは、末期がんであった胡桃さんが、直前まで入院していた三田義塾大学病院で骨髄移植を受けたことが原因ではないかと、私個人は考えています」

ふうむ。そういう解釈もあるのか。

宇賀神は何かを思い出したかのように、碇矢家の一族に向き直った。

「もうひとつ報告があります。先日お預かりした加州のスーツケースを解錠したところ、中身は下着や靴下、ポロシャツ、デニム、セーターなどの衣類ばかりで、スマホやタブレット、モバイル用バッテリー、メガネ、整髪料、常備薬といった旅行の定番アイテムは何も入っていませんでした。すぐに帰宅するつもりならわざわざスーツケースを持ち出すことはないでしょうから、どうにも釈然《しゃくぜん》としません」

確かに変だ。加州はなぜ衣類ばかりを持ち出そうとしたのか。

宇賀神本部長は厳しい目で前を見据えた。

「皆さん。神奈川県警及び科捜研からの報告は以上になります。本日はどうもありがとうございました。我々はこれから警視庁の協力を仰いで、ヘリの衝突現場である奥多摩周辺の山狩りをできるだけ早いタイミングで実施する予定です」

＊

ねえ、誠。まだ起きてるんでしょ？

（うん）

ＤＮＡキメラの件、警察の人に話してみたけど納得してなかった。宇賀神本部長は骨髄移植が原因だと考えてるみたい。

（ありきたりな日常を送る人々にとってＤＮＡキメラの話はピンと来ないだろうな。なんたって十億人に一人の話だ。一般人が共感できるテーマじゃない）

上空五百ｍで衝突したヘリの機体に残された赤いシミは、やっぱ加州の血だった。こんな不思議なこともあるんだね。

（不思議とか謎なんて言葉を使うのは現実逃避でしかない。事実から目を背けちゃ、真実は見えてこないよ。きっと何かからくりがあるはずだ）

そっちは誠のフィールドだから任せるよ。

（じゃあ、麻琴は宇賀神に依頼して、胡桃と加州が生まれた病院を調べてもらってくれ）

うん。解った。すぐ動くね。

それにしても、短期間にいろんなことが起こりすぎて、頭が付いていかないよ。しかもこの屋敷にいる人たち、あんたみたいな変人ばっかだし。

（褒め言葉と受け取っておくよ）

どうぞご勝手に。

（確かにこの屋敷は魔物の巣窟かもな）

うん。ここまでブラックな職場だとは思わなかった。

（確かにブラックだな。でもお前は色があるだけまだいいよ。俺なんかムショクだぜ）

あのう。おもしろくないんですけど。

（…………）

*

十一月二十五日（月）。

警察に先行して、碇矢家の人々は独自に加州の捜索を始めた。正確には、ヘリコプターと接触した『黒い影』の捜索と云うべきか。

この日、副社長の洋一郎は職務を優先するため不参加となった。

高所恐怖症の彩葉と安奈はタクシーで地上から、衝突事故の時機内にいた楼葉と私はヘリコプターで上空から、それぞれ奥多摩の森を隈《くま》なく捜す。

ヘリの操縦席には楼葉が座っていた。

「楼葉さまもヘリコプターの操縦をされるんですね」

ホントにこの人は何でもできちゃう人だ。リスペクトしかない。

「この屋敷で免許を持ってるのは私と副社長だけだからね。日本でヘリの免許を取るのは大変なのよ。費用だって一千万円近くかかるし」

「そんなに高いんですか」

「もっとも私はお客さまの送迎目的という理由で、会社から出してもらったけど」

個人的にあまり興味が無いので適当に聴いてたけど、日本では十七才になれば自家用ヘリコプターの免許を取得することができるらしい。クルマの運転免許より早いなんて驚きだ。

この日は夕方までずっと高性能の双眼鏡で色づく山々を見続けたけど、加州らしき姿はどこにも見当たらなかった。

＊

ねえ、誠。今日の会話、聴いてた？

すごいよね。自家用ヘリの免許まで持ってるなんて、楼葉さんすべてが完璧すぎて怖いくらい。

(さすがはライスボールだね)

アイスドールよ！　い、い、おにぎり大好き秘書じゃないんだから。

――あ、そう云えば、以前安奈が「ヘリコプターの操縦席はクルマと逆」と云ってたけど、実際にヘリに乗ったら操縦席は右側だったよ。

（別に間違ってないよ。碇矢家のクルマはすべて外車で左ハンドルだろ？　あの母娘が碇矢家に来るまで経済的な理由で自家用車を持っていなかったと考えれば、そもそも安奈は、クルマは左ハンドルが普通だと思ってるだろうから）

なるほど。ちょっとしたボタンの掛け違いってことか。

あれ？　でも、以前ドラマで旅客機のコクピットのシーンを見た時は、機長が左側に座ってたよ。

（航空法施行規則の一八二条とか一八五条に、飛行機は原則として右側通行と規定されているため、同じ高さで行き違う旅客機は互いに自機から見て左側を通過していく。だから、視界が充分に確保できる左側が機長席なんだよ。機長は搭乗する飛行機に関する全責任を負ってるから、自分の目でしっかりと相手を確認して見届ける必要があるって訳）

それじゃ、ヘリコプターは？

（ヘリの場合は、旅客機と異なり、棒状の操縦桿《かん》が装備されている。ポイントは、パイロットが一人で操縦することが珍しくない点と、多くの人が右利きであるという点だ。時として戦闘機のような機敏な動きが求められるヘリコプターを操縦するには、利き手で操縦桿を持つ方が安心できるだろ？ヘリは機体の中央に計器が集中して配置されているため、右利きのパイロットが左側の操縦席に座って一人で操縦する場合、中央の計器を操作するには、右手に持っている操縦桿を一度左手に持ち替え、計器の操作を終えると再び右手に持ち替えることになる。飛行中にトラブルが生じたとき迅速に対応するためにも操縦桿は常に握っておく必要があるから、右側に座る方が合理的なんだよ）

じゃあ、ヘリの操縦はちょうど右ハンドルのマニュアル車を運転するのと同じってことだね。

(まあそんな感じかな)

安奈は高いところが苦手だと云ってたから、航空機のことは詳しくないのだろう。本当は「ヘリの操縦席は旅客機と逆」と云いたかったのかもね。

良かった。これで、もやもやがひとつ解消されたぞ。

(——そんなことより、早く手伝ってくれよ)

あ、そうだったね。どう、これでいい?

(いいねいいね。二〇一三年の秋から順にページをめくってくれ)

解った。

夜更けにインターネットで過去の新聞記事を検索する私。誠のたっての希望なんで引き受けたけど、有料サイトだから課金されるのよね。しかもロサンゼルス・タイムズって英文だから、もう眠くて眠くて。

(次!)

あ、はいはい。

海外の新聞なので内容も解らず、私はただ誠の指示通りページをめくるのみ。彼は脇目も振らず、二〇一三年からその翌年にかけての記事すべてに目を通しているようだ。

＊

十一月二十六日（火）。

少し早く目覚めたので、まだ暗いけど皆が起きる前にリビングルームとダイニングルームの掃除をすることにした。

キッチンに行ってゴミ捨て用のポリ袋を探す。一週間前に見た時は四十五ℓ入りポリ袋がまだ二、三枚残ってたはずだけど、すっかり無くなっていた。先輩メイドかシェフが使ったのだろう。これだけ大人数が暮らす屋敷だとゴミ袋の減り具合も早い。仕方なく新しい束を奥から取り出し、封を切った。

まずはリビングの掃き出しなどの窓を全開にして、新鮮な空気を室内に取り込む。

ううっ、寒い。冬がすぐそこまで来てることを実感した。でも早朝の掃除は気持ち良いし、誰もいないから仕事がはかどる。

しばらくすると、東側から強い光が射《さ》し込んできた。神々《こうごう》しい朝日に、碇矢家の当主、加州の無事と、その妻、雪奈の回復を祈る。

神さま、どうか安奈ちゃんの両親をお助けください。

――ディンドン、ディンドン。

左脳の奥で鐘が鳴る。誠だ。

何よ、この神聖な時間に？

（無駄だ。神にそんな力は無いよ）

いいの！　信じることが大事なのよ。そう云えば、あんた以前、神さまは人間の意識の中にしか存在しないって云ってたっけ。

（その通り。お空の上にいる訳じゃない。すべては空想の産物だ）

夢の無いこと云わないでよ。藁《わら》にもすがることってあるでしょ？

（いくらすがっても藁は何もしてくれない。どこまで行っても藁は藁だし、カモメはカモメだ）

はいはい。あんたに『神の存在証明』をしてもらおうとは思ってませんので、結構です。まったくこいつは私の左脳に住みついてるだけあって、右脳の領域はまったくの門外漢だな。ホント疲れる。

朝焼けの中、目を凝らすとそこには絶景が広がっていた。碇矢家の庭園と相模湖周辺の山々が織りなす紅葉は、七回忌の時よりさらに美しく映えているように感じた。湖面には深紅の葉っぱがたくさん浮いている。

はあ。この紅葉を一緒に鑑賞する素敵な王子さまが私の身近《みぢか》にも現れないかな。

——ほら、誠。この美しさがあんたに理解できる？

（もちろん。同じものを見てるからな）

そう云えば、こういう情景を詠んだ和歌が百人一首にあったな。作者は、六歌仙の一人にして平安時代きっての色男、在原業平《ありわらのなりひら》だったか。

ちはやぶる　神代《かみよ》もきかず　龍田川《たつたがわ》——。

（恋も身近な　濃い紅葉《もみじ》かな）

ん？　そんな下の句だっけ？　——て云うか、それダジャレじゃん！　あんたね、せっかくの景色が台無しじゃないの！

ダメだ。寒い。こいつの与太話《よたばなし》を聞いてると、この時期の寒さが身に染みる。いったん窓を閉めよう。

リビングルームの窓をすべて閉めたタイミングで、誰かが背後から声を掛けてきた。

「あら、和久井さん。ずいぶん早いわね」

振り向くと、そこには楼葉が立っていた。直立不動で「おはようございます!」と挨拶を返す。

「もし良かったら、モーニングコーヒーでも一緒にいかが?」

今日も朝からメイクばっちり。冷静沈着でほとんど感情は表に出さない。アイスドールは健在だ。

二人分のカフェオレを、ガラステーブルを囲むL字型ソファに腰を下ろした楼葉の前と、少し離れた斜め前に置き、そこに着席する。

「この屋敷に来て一ヶ月も経たないのに、いろんなことが起こって戸惑ってるでしょ?」

こうしてソファに座っていても楼葉の背筋はピンと伸びている。

「私、身の周りで人が亡くなるという経験があまり無いので、正直よく解りません。ただ――」

「ただ、何?」

「最初にこの屋敷にやってきた時、早朝だったせいか、深い霧に建物全体が包まれていたんです。その時、子どもの頃に観たホラー映画みたいだなって感じたのを思い出しました。――あ、すみません。失礼なことを申しあげて」

ヤバい。余計なことを云ってしまった。でも、怒ってはいないみたい。

楼葉は薄く笑った。

「私たちはどこかの新興宗教みたいに加州さまを神として崇《あが》め奉《たてまつ》っている訳じゃないのよ。あの方《かた》はさまざまな事業に進出して、そのすべてに成功を収めてきた。絶体絶命のピンチだってことごとく乗り越えてきた。まさに不可能を可能にしてきたの。だから、加州さまに付いていけば絶対に大丈夫だって思えてしまう」

それってほぼ宗教だと思うけど。

「だから、胡桃さまが病気で亡くなっても、奥さまがあんな事故に遭《あ》っても、誰もパニックに陥ったりはしない。加州さまがいる限り、私たちは平穏な日々を送ることができるのよ。あなたもこの家に長くいればきっと解るわ」

それって宗教の勧誘だよね。

「あなたたちはヒトが空を飛ぶなんて話を聞くと笑うかもしれないけど、私はそうは思わない。加州さまが『飛ぶ』と云ったら間違いなく飛べるわ。当主になってからの歴史と実績がそう語ってるもの」

歴史か。でも平家《へいけ》だってローマ帝国だって結局は滅んでしまったし、十九世紀初頭のフランス人はナポレオンが敗《ま》けるなんて夢にも思っていなかったはずだ。

「それじゃ、旦那さまはどこかで生きていると？」

「当然です。加州さまは死んだりしない。ヘリに接触してケガを負ってるだけよ。だから、お嬢さまの云う通り一刻も早く見つけて差しあげなくては」

加州は死なない、か。その言葉、不老不死を生涯求め続けた秦《しん》の始皇帝《しこうてい》にも聴かせてあげたかったな。

もちろん、私だって当主の無事を願っている一人に違いない。

「早く見つかるといいですね」

コーヒーカップを手に取った楼葉は表情を変えることなく、湖面に映える紅葉を見つめながら「うん」と応えた。

＊

正午近くになって、神奈川県警の浅倉警部が碇矢邸を訪ねてきた。

碇矢家の人々と話しているリビングルームに、人数分の紅茶を静かに運ぶ。

「そんな訳で、やっと警視庁との調整がつき、奥多摩周辺の一斉捜索を始めることになりました」

今日からヘリコプターの衝突場所を中心に警視庁と合同で奥多摩を捜索すると、わざわざ報告しに来たらしい。徹底的に捜してほしいけど、本格的に雪が降り始める時期までが勝負だろうな。年内いっぱいか。

「少し時間がかかったようですが、奥多摩は東京都だから勝手には動けないってことなんでしょうね」

楼葉が県警の対応に理解を示す。浅倉は無言でうなずいた。

「警部さん。加州はきっと生きてます。大きなケガを負って動けないのです。手遅れになる前に、どうか助け出してください」

鈴葉はそう云って丁寧に頭を下げた。ワンテンポ遅れて彩葉と楼葉も追随する。

そして、またしても安奈が半泣き状態で「お願いします！　お願いします！」と、加州の早期発見を警察官に懇願した。

少し痩せたかな。雪奈の入院以来、安奈は毎日のように相模原総合病院に通っている。母親のケガだけでも胸をえぐられるような思いをしているはずなのに、父親の消息も途絶えたままなんて、神さまはどこまで彼女に試練を与えるのか。

雪奈が階段から転落した時と異なり、一族の表情は真剣そのものだ。彩葉は射るような視線を浅倉に向け、「何が何でも加州さまを見つけ出してくださいね！」と語気を強めた。

加州は本当に生きているのだろうか。水や食料は確保できているのだろうか。

ひと通りの話し合いが終わったあと、私が玄関まで訪問者を見送った。

大きな扉が閉まる寸前に、浅倉警部が肩をすくめて、「あの人たちはホントに人間が空を飛ぶと思ってんのかね」と吐き捨てるように告げたのが印象的だった。

＊

十二月二日（月）。

朝一番で、ダイニングルームの電話が鳴った。

神奈川県警の宇賀神本部長から私宛ての連絡だった。胡桃と加州が生まれた病院に関する調査結果だ。

「和久井さんに云われて、少し動いてみました。ただ、加州と胡桃さんが誕生した橋本五差路病院は三十年ほど前に閉院し、当時の院長も死亡していたため、残念ながらそれ以上は追いかけることができませんでした。加州の奥多摩捜索もありますので、本件はひとまずここまでとさせていただきます」

どうやら本部長自ら調べてくれたようだ。いくら親友の出自《しゅつじ》に関わる件とは云え、多忙なところ申し訳ないことをしてしまった。丁寧に「ありがとうございました」と伝え、受話器を置く。

胡桃と加州のＤＮＡ鑑定結果については、結局何もつかめなかった。ＤＮＡキメラが十億分の一の確率でしか存在しないことを考えれば、そもそもこの説には無理があったのかもしれない。

ふむ。こうなったら、この、カトリーエイル・レイトンのような可愛いメイド探偵が事件を解決するしかないか。

私の見立てはこうだ。

加州の父、夏樹はナッツ農園の成功によって一代で巨万の富を築いたが、妻、琴葉との間に子どもができず、二人の子どもを養子縁組した。もちろん碇矢家の跡取りを強く望んでいたからに他ならない。それが胡桃と加州だ。養護施設から引き取ったため、二人は血がつながっていないのだ。

ほら。これならＤＮＡキメラ説を持ち出すまでもない。二人の血縁関係は最初から無かったんだからね。この推理、意外にイケてるんじゃないかな。あとで誠の意見も聴いてみよう。

この日は鈴葉の体調がすぐれず、私が二階の部屋まで食事を運ぶことになった。やさしくノックをして室内へ。

「鈴葉さま。具合はいかがですか？」

「ええ。だいぶ楽になりました。胡桃のこと、雪奈さんのこと、そして加州のことがあって、心が悲鳴をあげていたのかもしれないわね」

鈴葉はベッドからゆっくりと起きあがり、私に微笑んでみせた。持参した食膳をテーブルの上に置き、湯呑《ゆの》みにお茶を淹れる。

鈴葉は食事をしながらいろんな話をしてくれた。夏樹と琴葉の馴れ初《そ》めや、呉田の両親が夏樹をとても気に入り、遠い関東の地へと琴葉を嫁に出すことを認めた話などを懐《なつ》かしそうに語った。

これはチャンスだ。さっきの考えを確かめてみよう。

「あのう、鈴葉さま。夏威児さまの七回忌の時、神奈川県警の警部さんが、胡桃さまの毛髪と旦那さまの血液をDNA鑑定したところ親族関係が認められなかったとおっしゃってたじゃないですか？」

「はいはい。そんなこと云ってましたね」

鈴葉が食事を終えたのを見て、もう一度熱いお茶を注ぐ。

「私思ったんですけど、胡桃さまと旦那さまが他所《よそ》から引き取られた養子ってことはないのでしょうか？　もしそうなら、あの鑑定結果にも合点《がてん》がいくのですが」

「おもしろいことを云うのね。そのナントカ鑑定のことはよく解らないけど、胡桃も加州も間違いなく琴葉が産んだ子ですよ。二人とも、誕生した時すぐに私がこの手で抱きあげましたから」

へ？　あ、そうスか。

和久井麻琴、ここに玉砕《ぎょくさい》。残念ながらカトリーエイル・レイトンにはなれなかったみたい。悔しいけどここまでね。やっぱあの鑑定結果の不一致は、宇賀神本部長が云う通り骨髄移植によるものだったということか。

鈴葉がお茶を啜《すす》る。

「父親の夏樹さんは二人に、事業成功の証としてナッツの名前を付けた。クルミとカシューナッツね。そして加州の子にも、栗とマカダミアナッツの名前を付けた。験《げん》を担いで一族の繁栄を願ったんでしょうね」

会ったことは無いけど、二人の孫を抱いた夏樹お祖父《じい》ちゃんの嬉しそうな顔が目に浮かぶ。

「でもね。加州の才能はその夏樹さんを上回っていたの。手がけた事業をことごとく成功させてしまったからね。きっとあの子には天賦《てんぷ》の才があったのよ。加州なら、空を飛ぶことだってたやすく実現するでしょうね」

結局、話はそこに落ち着くのね。楼葉の見解と同じだ。たぶん彩葉に訊いても似たような言葉が返ってくるだろう。

鈴葉が窓の外の山々を眺めながらつぶやく。

「加州が子どもの頃、学校でいじめに遭っていたことは聞いてるかしら?」

「はい。胡桃さまから伺いました。身体的特徴が原因だとか」

「子どもながらに押し隠そうとしてる加州が不憫《ふびん》でね。はてさて何の因果か」

＊

ねえ、誠。

私、胡桃と加州が養子だったんじゃないかと考えたんだけど、鈴葉さんにあっさり否定されちゃった。

(残念だったな。でも胡桃はもうこの世にいないんだから、今さら何も変わらないよ)

そうね。

(他に可能性があるとすれば代理出産くらいかな。でも琴葉がそんなことをする理由が見当たらない)

この屋敷の人たちがあまりにも碇矢家の血にこだわるもんだからつい深入りしちゃったけど、もうおしまいにするよ。

誠も聴いてたでしょ? 加州はこれまですべての事業を成功させてきたんだってさ。碇矢家の人々は皆、彼を神のように崇めてるんだから。

（麻琴、『イカロスのパラドックス』って知ってるか？）

何それ？　イカロスって、あのギリシャ神話の？

（そうそう。ある日、ミノス王の怒りを買ったダイダロスと息子のイカロスは迷宮に閉じこめられる。何とかしてそこから脱出するために、二人は鳥の羽根を蠟《ろう》で固めた翼を作り、塔の上から飛び立つことを決意した。初めは恐る恐る翼を羽ばたかせていたイカロスだが、コツをつかむとどんどん上昇し、あっという間に迷宮からの脱出に成功する。だが、空を飛ぶ楽しさに心を奪われた若者は自らを過信し、太陽にも到達できるという傲慢《ごうまん》さからますます高く飛んでいった。大空を舞うことに夢中になり、太陽の熱で蠟が溶け出していることに気づかなかったんだ。ついには翼が溶け落ち、イカロスは海原に叩きつけられて絶命する）

知ってる知ってる。子どもの頃、『勇気一つを友にして』は何度も聴いたよ。

でも、それのどこがパラドックスなの？

（イカロスのこの姿は、起業家の成功体験に重ねることができるんだ。最初はビクビクしながら経営を始める。だが、成功体験を積み重ねることにより、やがて確固たる自信を得て、自分なりのやり方で物事を進め始める。そして、イカロスと同じようにさらに高い目標を目指す。企業が成長し経済的に成功することは経営者にとっての最重要課題だし、それが無ければあとに残るのは衰退の道だけだからな。ところが、特定の分野で成功すると経営者の多くがある罠にハマる）

ある罠って？

（自分の成功体験や業界の常套《じょうとう》手段から逸《そ》れた意見や知恵を容易に受け入れられなくなるんだ）

確か、空を飛ぶことに成功したイカロスは、「高く飛びすぎるな」という父親の忠告を無視して飛び続け、結局墜落しちゃうのよね。

（このように、経営者が過去の成功体験に囚《とら》われ、新たなイノベーションを生み出せなくなる状況を『イカロスのパラドックス』って呼ぶんだ。そもそも業界の慣習や考え方、自分の成功体験をかなぐり捨てる覚悟がなければ、新しい道を創り出すことはできないってことだよ。一時的な成功に酔いしれた経営者が、隠されたリスクや環境変化を見誤り、イカロスのように転落の道を歩んでしまった事例は、枚挙《まいきょ》にいとまが無い）

迷宮からの脱出に匹敵するほどの成功体験が裏目に出るってことか。成功に導いた知見や根拠が結果的に失敗をもたらすとは、何とも皮肉な話だ。

＊

十二月二十日（金）、朝。

気づいたら、雪奈の転落そして加州の失踪から一ヶ月が経過しようとしていた。

あれから碇矢邸はずっと重苦しい雰囲気に包まれている。息が詰まりそうだ。雪奈の容体を心配しているのは娘の安奈だけで、それ以外の人々は皆、加州の身だけを案じているという状況にも変わりがない。

あらためて私だけでも安奈に寄り添ってあげようと思った時に、その電話はかかってきた。

「はい。碇矢でございます」

基本的に電話を受けるのは私の役割だ。

「朝早くにすみません。私、相模原総合病院で看護師をしている佐々木《ささき》と申します。碇矢安奈さんをお願いしたいのですが」

「私、先日お嬢さまと一緒に伺いました和久井麻琴です。何かありましたか？」

何だろう。心臓の鼓動が速くなってきた。まさか――。

「そうですか。それでは安奈さんにお伝えいただけませんでしょうか？」

「はい。何と？」

「お母さんの、雪奈さんの意識が今朝早く戻りました。ですので、できるだけ早く病院においでいただければと」

「承知しました。ありがとうございます！」

思わず大きな声を出してしまったため、碇矢家の人々が電話口に集まってきた。

ヤバい。加州捜索の件と取り違えてる。

「あのう。入院されている奥さまの意識が戻ったと――」

受話器を置いたあとでそう伝えると、彼らは途端《とたん》に興味を失ったのか、ぞろぞろとリビングルームに移動し始めた。

「楼葉さま。私、安奈お嬢さまと一緒に病院に向かいます！」

社長秘書は振り返ることなく、背中で「どうぞ」と告げた。

急ぎ足で大階段を上り、安奈の部屋を強くノックする。令嬢が驚いたような表情で顔を見せた。

「お嬢さま！　奥さまの意識が戻りました。今から病院に向かいますので、すぐにお支度を！」

＊

「すみません、碇矢雪奈の娘です。先ほど、母の意識が戻ったという連絡をいただきまして――」

安奈が相模原総合病院の受付に駆け込むと、隣のドアから年配の医師が顔を見せた。彼は「入江《いりえ》です」と名乗り、雪奈の病室へと廊下を先導する。

「今朝ほど患者さんの意識が戻りました。脳の損傷レベルを考えると、奇跡としか云いようがありません。ただ、決して安心できる状況ではないのです」

「それはいったい――」

リアクションに戸惑う安奈に代わって、私が訊いた。

「外傷性脳損傷によって右脳の機能が一部停止しているせいか、何度も幻覚を見ているようでした」

「幻覚、ですか？」

「ええ。笑顔で手を振りながら、『あなた、こっちですよ。安奈も一緒ですよ』って、誰もいない窓に向かって話しかけてるような状態でした」

行方不明の加州が空を飛んで雪奈と安奈を迎えに来る夢でも見ているのだろうか。大空を飛ぶことが加州の願いだと知っているからそんな夢を見るんだろうな。雪奈本人は夫が失踪していることさえ知らないはずなのに。

何とか安奈を母親に会わせてあげたい。

「あのう。病室に入ってもよろしいでしょうか？」

「患者さんが暴れているようなケースではありませんので、短時間なら大丈夫でしょう。今はまた反応が弱くなってしまったので、ぜひ娘さんから励ましの言葉をお願いします」

医師は一番奥にある病室のドアを開け、私たちを中へと導いた。

雪奈の目がしっかりと開いていることを確認した安奈は、ベッドにたどり着く前からすでに大粒の涙を流していた。

「お母さん！」

安奈が大声で叫んでも雪奈は反応しなかった。入江医師が云う通り、脳の機能が停止しているように見える。

「ねえ、お母さん。私よ。安奈だってば！」

やはり反応は無い。隣で表情を曇らせている医師に訊ねてみた。

「先生。お嬢さまの声は奥さまに届いているのでしょうか？」

「おそらく聞こえていると思うのですが、脳のダメージがどこまで及んでいるのか、正確に把握できている訳ではないんです」

初老の医師は申し訳なさそうに告げた。

いずれにしても今、安奈にできることはひとつしかない。

「お嬢さま。もしかすると奥さまは、聞こえてるけど反応できないのかもしれません。呼びかけを続けましょう」

「うん、そうね。――お母さん！　お母さん！」

その時――。

ベッドに横たわった雪奈の目尻からひと筋の涙が流れた。

「麻琴さん、見て！　やっぱり聞こえてるんだ。聞こえてるんだよ！」

信じられない。思わず両手を合わせ、神さまに感謝した。

「お母さん、頑張って！　もう少しの辛抱だからね」

必死に語りかける安奈。その声は母の耳に間違いなく届いている。雪奈は娘のために必死に生きようとしているのだ。

しばらくして雪奈は娘の声に安らぎを覚えたのか、胸のつかえが取れたかのように眠りに就いた。

そこで医師の指示に従い、病室を出る。

「麻琴さん、ありがとう」

いきなり安奈が抱きついてきた。少し震えているのが判る。

ほんの四、五分の面会だったけど、娘の安奈にとってはこの上なく幸せな時間だったに違いない。

＊

十二月二十二日（日）。

その電話が掛かってきたのは、ランチが終わり、午後一番の親族会議のために、全員のティーカップに紅茶を注ぎ終わったあとだった。

「はい。碇矢でございます」

「あ、和久井さんですか。神奈川県警の宇賀神です」

「先日はどうもありがとうございました。――で、今日は何でしょうか？　旦那さまの行方が判ったんですか？」

まずは橋本五差路病院に関する調査の礼を述べ、今も続いている加州の捜索に期待した。

「――はい」

え？　今、何て？　『はい』と云うのは何に対して？

「あのう。洋一郎さんか楼葉さんをお願いしたいのですが」

宇賀神が抑揚無く告げる。何かあったのだろうか。

「ただ今、旦那さま不在の中、碇矢家の親族会議を実施しておりまして、誰であっても取り次ぐなと指示されているんです」

「そうですか。こちらも急ぎでお伝えすることがあるのですが――」

「私でよろしければ言付《ことづ》かりますけど」

家人への伝言はメイドとして当然の仕事だ。

「それでは要点だけ先にお話ししますので、碇矢家の皆さんにお伝えいただけますか？」

「はい」

「本日正午前に、奥多摩山中にて加州氏の遺体を発見しました。すでに遺体は回収済みで相模湖署に移送中です。私はこれからそちらのお屋敷に向かいますので、詳しくはまた後ほど」

そう早口で告げると、電話は一方的に切れた。

今の話はどういう意味だろう。加州が死んだ？　あの、すべての事業を成功させた男が？　あの、不可能を可能にする男が？

宇賀神は奥多摩山中で発見したと云ってたから、やはりあの時のヘリコプターとの衝突が原因ってことか。

——ん？

これって、私が碇矢家の人たちに伝えるんだよね？

マジか。ミッションが重すぎる。

でも、伝えるなら全員がダイニングルームにそろってるこのタイミングしかない。悪い報告ほど早く、が鉄則だ。

予定通り会議が終了したことを確認し、勇気を出して一族の前へ。

ううっ。足がすくむ。

「あら、麻琴さん。どうしたんですか、怖い顔して？」

安奈が私を気遣う。そっか。私、今怖い顔してるんだ。

「あのう。皆さまにお伝えすべきことがございます」

「何ですか、そんなにあらたまって？」

鈴葉の柔和な笑顔を見るのがつらい。

「ただ今、神奈川県警の宇賀神本部長よりお電話がございました」

「ふうん。何だって？」

彩葉が穏やかな表情で問う。

「それがその——」

「もったいぶらないでよ。午後は税理士事務所に出かける用事があるんだから」

楼葉がいつも通り、落ち着き払った口調で促す。

「――本日正午前、奥多摩山中にて、旦那さまの遺体が発見されたそうです！」

精一杯、声を張った。これ以上の声は出ない。

なぜかまったく反応が無かった。沈黙の数秒間。

ああ、耐えられない。

「亡骸《なきがら》は現在、相模湖署に移送しているとのことで、宇賀神本部長が今からこちらにいらっしゃるそうです」

何とかすべて云い終えた。

一族だけではない。気づいたら、美樹と寛治も近くに立っていた。

「――君。冗談にもほどがあるぞ」

洋一郎が無理やり笑い話にしようとする。だがこれは現実なのだ。碇矢邸の住人は全員、この現実を受け止めなければならない。

「冗談ではありません！　神奈川県警のトップであり、旦那さまの親友でもあった宇賀神さまがそんな低俗なジョークをおっしゃるはずがございません」

そう云って私は一族に向けて深くお辞儀をした。これは旦那さまへの哀悼であり、慰霊であり、鎮魂を示すものだ。

「そんなことあり得ないわ！　あなたの聞き間違いじゃなくって？」

彩葉の発言をきっかけとして、ダイニングルームに怒号が飛び交う。

「加州さまが亡くなられる訳がない！」

「大空を飛ぶという偉業を成し遂げた加州さまが、ヘリコプターに接触したくらいで死ぬもんですか！」

「でっち上げに違いない！　誤報を流して、碇矢家を貶《おとし》めようとしてるのよ。国家ぐるみでこの碇矢家を取りつぶすつもりなんだわ！」

「それだけこの碇矢家を怖れてるってことだよ！」

「こうなったらもう国家権力と闘うしかない！」

いやはや収拾がつかない。こういうのをパニックって云うんだろうな。宇賀神本部長が到着するのを待つしかなさそうだ。

＊

玄関のチャイムが鳴ったのは午後二時を少し過ぎた頃だった。

「この度はどうも――」

静かに邸内に入った宇賀神と森下を、碇矢家の人たちが壁となって迎える。

「本部長さん！　どうしてそんなデマを流すんですか？」

「悪質な嫌がらせは許しませんよ。名誉毀損《きそん》で訴えますからね！」

加州の死を頑《かたく》なに認めようとしない洋一郎や彩葉に対し、鈴葉と安奈はロビーの片隅で戸惑っていた。

「――落ち着いてください！」

宇賀神が彼らの三倍ほどの音量で叫んだ。そのまま私に「順番に説明しますので、どこか適当な場所はありますか？」と訊ねる。

「ではダイニングルームへどうぞ」

私が県警の二人を案内すると、家人も残らずあとに続いた。

ティーポットの中に残っていた紅茶を、警察官の前に置いたカップに注ぐ。

宇賀神は「いや、お構いなく」と告げ、碇矢家の一族に向き直った。眉間《みけん》に刻まれたしわは深い。親友の死に直面しながらも、感情を表に出さないよう必死に耐えているように見えた。

「皆さん。神奈川県警と警視庁の合同捜索チームは、本日の正午少し前、奥多摩の山中にて男性の遺体を発見しました。ヘリコプターの衝突場所から五㎞ほど離れた地点です。男性は、靴を履いてはいませんでしたが、ワイシャツにネクタイを締め、紺のスーツそして黒い革のコートを着用していました」

クロゼットから消えたものと一致している。

「現在、監察医による検案が行われているところですが、強い衝撃による内臓破裂と身体破断、頸椎《けいつい》骨折、脊椎《せきつい》圧迫骨折、頭蓋骨陥没、そして出血多量が死因であることはまず間違いないと思われます。いわゆる墜落死というヤツです」

つまり加州は、殺害されたあと上空から遺棄されたのではなく、生きたまま墜落したってことか。イカロスのように空を飛んでいる時にヘリコプターと衝突したことを裏づける結果だ。

神妙な面持ちで説明に耳を傾ける一族の前で、宇賀神はビニール袋を高く掲げて見せた。どうやら鍵のようだ。

「スーツのポケットからは、財布やスマホの他、二つの鍵が見つかっています。大きい方はこの屋敷の部屋の鍵です。加州氏の部屋の鍵であることは、先日スペアキーを拝見した時に撮影した写真との照合により確認済みです。小さい方は、加州氏が失踪したあと相模湖署でお預かりしているスーツケースの鍵であることが判りました」

やはり加州はスーツケースを窓から持ち出そうとして、そのまま地面に落としてしまったのか。宇賀神本部長の話を信じるならば、奥多摩上空でヘリと衝突したあともしばらく飛行を続けていた当主は五㎞ほどで力が尽きて——。

宇賀神は「残念ながらこの遺体は加州氏本人であると断定せざるを得ません」と無念そうに告げた。

「遺体は大きな尖《とが》った岩の近くで、上半身と下半身が分断された状態で発見されました。このことから、岩に激突した衝撃で柔らかい腹の部分が断ち切られたものと推測されます。そのような状態で一ヶ月間も放置されたためか、遺体は現地の野生動物に食い荒らされていたようです。おそらくツキノワグマかキツネでしょう」

あの碇矢加州がクマやキツネの餌食《えじき》になった？

そんな——。

「あ、お嬢さま！」

その場で気を失った安奈を、後ろにいた私が抱きかかえる。

「もし加州さまが本当に空を飛んでいたと云うのなら、すべて私のせいだ。ヘリを操縦していたのは私なんだから」

洋一郎がその場で頭を抱えて身もだえる。

ヘリに同乗していた楼葉は「気分が悪い」と告げて隣のリビングルームに移動し、そのままソファに倒れ込んだ。

彩葉は時折り「ううっ」と声をあげ、必死に負の感情を抑えているように見えた。

鈴葉は放心したかのように、焦点の定まらない目をして固まっている。

さながら伏魔殿の地獄絵図を見ているようだった。

宇賀神の隣に座る森下が大きく咳払いをした。

「皆さん。ショックを受けておられるところ恐縮ですが、これからどなたか相模湖署まで同行いただき、遺体の本人確認をお願いできないでしょうか？　本来であれば近親者に面確《めんかく》をお願いするところですが、本件は遺体の損傷度合が激しいため所持品や着衣を中心にご確認いただければと思います」

刑事部長の依頼に対して家人はまったく反応しなかった。

そりゃそうだよ。上半身と下半身に分断されて、しかも野生動物に食い荒らされた遺体なんか、誰が見たいものか。ましてや加州は碇矢家の人々にとって神にも匹敵するほどの存在だったんだから。

――ディンドン、ディンドン。

誠だ。何よ、こんな時に？

(麻琴。相模湖署に行け)

えっ、私が？

相模湖署に行くってことは遺体と対面するってことでしょ？

冗談じゃない。絶対嫌だ！　私、碇矢家の人間じゃないもん。いくら誠の頼みでも断る。

(いいから、文句云わずに行け！)

こいつ、鬼だな。ホントの魔物はこの男だったりして。

くそーっ。

ふん。解ったわよ！　行くよ、行けばいいんでしょ！

(頼むぜ)

マジで泣きたい。

その時、青白い顔をした楼葉がダイニングルームに戻ってきた。

「あの、部長さん。所持品や着衣をチェックするのであれば、社長秘書の私が参ります」

驚いた。この人は本当に強い人だ。

楼葉さんが行くのなら私はいいかな。

(お前も手を挙げろ)

あ、やっぱり。

もはや観念するしかないのか。おい誠、いつかどこかでこの貸し返せよ。

大きく深呼吸して口を開く。

「あのう。私もご一緒させていただきます。楼葉さまお独りという訳にはいきませんから」

私の発言に家人たちが驚く。

お願い、楼葉さま。不要だと云って。碇矢家の人間だけで行くと云って。

社長秘書がこっちを見つめている。

「和久井さん。——ありがとう」

受け入れるんかい！　何だか私、すごくいい人になっちゃってるじゃん。

これでバラバラ遺体との対面は確定か。

不本意この上ない。

＊

相模湖署に着いた私たちは、八木署長に先導される形で署内の霊安室に案内された。

そこは殺風景な部屋だった。中央に置かれているベッドに白いシーツが掛けられている。このシーツの下に加州の遺体が横たわっているのか。まさかお腹の断面とか見せられる訳じゃないよね。遺体の確認なんて私には絶対無理だ。

八木署長が低い声で静かに語る。

「こちらが、本日奥多摩山中で発見された遺体です。向かい側の台の上にあるのは、発見時に身に着けていたものです」

そこには、黒い革のコート、濃紺のスーツ、ワイシャツ、固まったネクタイが置かれていた。どれもボロボロだ。ワイシャツやネクタイは全体的に赤黒く変色している。大量の血にまみれたことがうかがえた。

「遺体は、死後一ヶ月が経過しているうえに奥多摩の野生動物が乱暴に食い散らかしたため、損壊状況がひどく面確は困難と思われますが、ご覧になりますか？」

「あ、いえ。それは結構です。――ううっ」

シーツの下に横たわる遺体を想像して気分が悪くなったのか、社長秘書はその場にしゃがみ込んだ。

（――麻琴、今だ。その、いびつに結ばれたネクタイを解《ほど》いてみろ）

え？　そんなことしていいの？

（いいから、早く！）

げっ。血だらけのネクタイに触れって云うの？　鬼誠《おにまこと》、憶えてろよ。

八木署長が背中を向けている間に、このネクタイを――。

うっ、固い。全然解けない。夜露や血で濡れたせいかな。

ダメだよ、誠。全然無理。

（あ、そう。じゃあ仕方ない。あきらめよう）

はい？　何それ？

あんたまさか、ただ私が遺品に触るように仕向けただけじゃないでしょうね？

（…………）

誠、おい誠！

ダメだ。返事しなくなった。ホントに身勝手なヤツだ。

ボロボロのコートやスーツと向き合っていた楼葉が「署長さん」と語りかける。

「ここにある衣服はすべて加州さまのもので間違いありません。失踪当日に碇矢邸から消えたものです」

顔をしかめながらも、楼葉は気丈にそう告げた。目にうっすらと涙が浮かんでいるようにも見える。

「ありがとうございます。身元確認はこれで結構ですので」

相模湖署の署長は丁寧に頭《こうべ》を垂《た》れた。

――あ、そうだ。念のために確認しておこう。

「そう云えば、旦那さまの部屋にコンタクトレンズのケースが残されていたのですが、ご遺体はレンズを装着していたのでしょうか？」

八木署長は軽くうなずき、台の片隅にあるビニール袋を指した。

「両目とも装着してましたよ。もう少し遺体の発見が遅れていたら、目玉も野生動物がほじくり返していたでしょうが」

ちょっと署長さん。そういう描写は要らないってば。

霊安室を出ると、そこには神奈川県警の刑事部長が待っていた。――ずるいよ、森下さん。シーツ越しとは云え美女二人だけにバラバラ遺体と対面させてさ。

「楼葉さん。和久井さん。どうもありがとうございました。ご気分は大丈夫ですか？　今からパトカーでお屋敷まで送りますので」

そう云って相模湖署の警官を呼ぼうとしたが、楼葉は「結構です」と断った。

その気持ちはよく解る。早く警察当局から解放されたかったからに違いない。私にとってもこの十年で最悪の一日だった。

帰りのタクシーの中で楼葉が告げた「ありがとう」の言葉を、私は決して忘れることはないだろう。

第4章 イカロスの謎に挑む

二〇一九年十二月二十三日(月)。

「お嬢さま! ただ今、病院から連絡がございました。奥さまの容体が急変したとのことです。すぐに向かいましょう!」

早朝に相模原総合病院からの電話を受けた私は、朝食の支度を美樹に任せ、安奈とともに大急ぎで病院に向かった。

「麻琴さん。お母さん、大丈夫ですよね?」

タクシーの中で何度も問う令嬢はすでに涙腺が崩壊寸前だった。ギュッと彼女の手を握り「大丈夫。きっと良くなりますよ」と励ますものの、特に根拠がある訳ではない。私にはそれ以上の気の利いた云い回しが思いつかなかったのだ。今はただ、神さまを信じるしかない。

私たちの到着に気づいた入江医師は、廊下を一緒に進みながら、「昨日から容体が安定しません。お嬢さん、近くで声を掛けてもらえませんか?」と早口で告げた。安奈が虚《うつ》ろな表情で「は、はい」

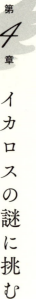

と応える。

今、昨日からって云った？　もしかして加州が雪奈を呼んでいるのか。

――旦那さま、お待ちください！　奥さまには愛する娘がいるんです。お願いですから、お嬢さまから母親を奪わないで！

「お母さん！」

病室に入るや否や、安奈は大声で叫んだ。横たわった雪奈が表情を変えることはなかったが、左頰に浮かぶ青アザのせいか、私には苦痛に顔をゆがめているように見えた。果たしてこの状態で愛娘の声は母親に届くのだろうか。

「お嬢さん、継続的に語りかけてください！」

忙《せわ》しなく動き回りながら指示を出す担当医師の言葉に、安奈が大きくうなずく。

「お母さん、この前はあんなに調子良かったじゃない？　大丈夫。きっと良くなる。きっと元気になるよ。明日の夜はクリスマスイブだね。『ラ・セーヌ』のモンブランを買ってくるから一緒に食べようよ。私、朝から並んで買ってくるからさ。お店にあるモンブラン、全部買ってくるからさ」

娘の涙ながらの言葉にも、雪奈は反応しなかった。せっかく母娘そろってケーキを食べられるようになったのに。もうお金の心配をする必要もないのに。

「お母さん。あのね、昨日、奥多摩の山中でパパが発見されたの。パパは鳥のように空を飛んでる時に運悪く碇矢家のヘリコプターと接触しちゃって、大きな岩の上に落ちて亡くなったんだって」

安奈はかすれた声で必死に語りかける。

「私にはもうお母さんしかいないのよ！　これから私がいっぱい親孝行するからさ、早く元気になってよ。パパの墓参り、私独りで行かせる気？　――ねえ、お母さん。来年もまた一緒に鎌倉《かまくら》や江《え》の島《しま》に行こう。映画もいっぱい観よう。約束だよ」

そう云って安奈は、自分の小指を雪奈の小指に絡ませる。

ヤバい。もらい泣きしそう。今の私は無力だ。祈ることしかできない。

神さま、お願い。安奈ちゃんを独りきりにさせないで！

「――え？」

安奈が漏らした声に思わず顔を上げる。

「どうしたんですか、お嬢さま？」

「今、お母さんの小指に力が――」

えっ、本当に？

「奥さま！」

そう叫んで患者の顔を見ると、雪奈は、さっきまでの苦しそうな表情が嘘のように消え、かすかに微笑んでいるようにさえ見えた。どういうことだろう。

その瞬間、モニターに表示されていた波形がフラットになった。

「心肺停止！」

そばにいた若い医師が叫ぶ。

入江医師は何度も蘇生《そせい》を試みたが、状況は変わらなかった。手首と頸《けい》動脈に触れたあと、ペンライトの光を両目に当て瞳孔《どうこう》が開いていることを確認する。

「――残念ながらご臨終です」

医師の宣告と同時に、安奈はひざから崩れた。

「嘘だ、嘘だ、嘘だーっ！」

泣き叫ぶ安奈を背後から抱きかかえる私も、涙があふれ前が見えない状況だった。ただただ悲しかった。

貧乏暮らしを続けながら、苦労して安奈を育ててきた雪奈。最愛の一人娘を残してこの世を去る無念さはどれほどのものだろうか。味方のいない碇矢家の中で、安奈はこれから独りで生きていかなければならないというのに。

先輩メイドにケータイで、たった今雪奈が息を引き取った旨を伝える。きっと碇矢家の人々は蚊に刺されたほどにも感じないだろう。今も、昨日遺体で発見された加州のことで頭がいっぱいのはずだ。

「お嬢さま。ひとまずお屋敷に戻りましょう」

おっとり刀で駆けつけた蒼井美樹に病院の諸手続きを任せ、放心状態の安奈を半《なか》ば強引にタクシーに乗せる。こちらから語りかけても、令嬢は何も応えなかった。

碇矢邸に到着するまでの時間はとても長く感じられた。無表情のままずっと車窓の景色を眺める安奈の左手に自分の右手を重ねる。クリスマスが近いこの時期、その指先は凍えるほど冷たかった。

碇矢邸に到着すると、屋敷の玄関で楼葉が待っていた。

「ああ、お嬢さま。この度は何と申しあげたらよいか――」

社長秘書は丁寧に頭を下げた。建物の中へと一緒に進みながら語る。

「心の整理も必要でしょうが、通夜と告別式は、昨日死亡が確認された加州さまと合同で行うこととといたしました。ご了承ください」

楼葉の言葉に「はい」と蚊の鳴くような声で応える安奈。秘書はひと安心したのか、一礼して執務に戻った。私も通夜の手伝いに加わらなきゃ。

でも――。

どうしてこの家ではこんなに人が死ぬのか。やっぱり碇矢家は呪われているのだろうか。

「大丈夫ですか、お嬢さま？」

安奈の部屋に入ったタイミングで思わず訊いてしまった。大丈夫なはずないのに。令嬢は振り向いて、じっと私を見つめる。

「お母さんが死んだ今、私できるだけ早くこの家を出ようと思ってます。この屋敷が怖くて。――麻琴さん、あと一週間でここを離れるんですよね？　もし良かったら、一緒に暮らしませんか？」

えっ、私と？

これは驚いた。言葉が出ない。

「あ、すみません。ご迷惑ですよね？」

迷惑じゃないけど、私には一風変わった同居人が脳内にいる。こんな話を安奈にしても信じてもらえないだろうけど、私は今後も誠に寄り添っていかなきゃなんない。一緒に暮らす相手が信頼できる人物だと伝えても、きっとあいつは落ち着かないだろう。せっかくのお誘いだけど、やっぱ無理だ。

私はただ「ごめんなさい」と返すことしかできなかった。

＊

夕方六時から始まった加州夫妻の通夜には、胡桃の時とは比較にならないほどの弔問客が集まった。その数に比例して我々使用人の仕事は増え、さらに安奈の顔色も気遣いながらだったので、疲労度が半端じゃない。

夜九時を過ぎ、弔問客がほとんど見えなくなった頃、神奈川県警の宇賀神と森下が姿を見せた。受付にいた私に宇賀神本部長が「和久井さん、こんばんは。鈴葉さん、彩葉さん、楼葉さんをお願いしたいんだけど」と語りかける。思うように捜査が進んでいないのか、その表情は晴れない。「少々お待ちください」と告げて邸内へ。

リビングルームでくつろいでいた三人を連れて受付に戻ると、県警トップが深くお辞儀をした。

「この度はご愁傷《しゅうしょう》さまです。病院からの連絡で、奥さまの雪奈さんが亡くなったことを知りました。今日の通夜は夫婦ご一緒だったのですね」

「何か、我々三人に？」

彩葉が怪訝《けげん》そうな表情で問う。

「こんな時にナンですが、せっかく一族の皆さんがお集まりなので、明日の告別式が終わったあと、今回の事件における現時点での報告をさせていただきたいのです。少しだけ皆さんのお時間を頂戴できればと思い、本日参上しました」

「神奈川県警のトップにわざわざご足労いただいたのですから、当方としてはやぶさかではございません。ただ、加州さまと雪奈さんの死が犯罪に関わっているとは思えませんけど――」

宇賀神の表情を読み取ろうとしているのか、彩葉が上目遣いに相手を見る。

「正直申しあげて、私どもも困惑しているところがあります。それらの謎を皆さんと一緒に整理させていただきたいという趣旨です」

彩葉が「そういうことでしたら」と大きくうなずく。宇賀神が軽く頭を下げると、彼女はやや哀愁を帯びた様子で語り始めた。

「加州さまも胡桃さんも亡くなり、碇矢家の血筋は途絶えてしまいました。お二人は口論が絶えなかったけど、互いを思いやるところもあり、今思えば深い絆で結ばれていたのかもしれませんね。一人っ子の私にはよく解りませんけど」

「姉弟《きょうだい》の絆ですか。私にも姉がいたのですが幼くして死んでしまったため、子どもの頃から、兄や姉のいる人がうらやましくて仕方ありませんでした。私はずっと、やさしい姉を持つ加州を妬《ねた》んでいたのかもしれません」

宇賀神は亡き親友に思いを馳せているのか、悲しげな表情で天を仰いだ。私も一人っ子だけど、いつも誠がそばにいたから淋しいと感じたことは無かった。感謝しなくちゃね。

一礼して立ち去ろうとする県警本部長を「あ、そうそう」と呼び止めた彩葉は、悪戯っぽく微笑んでみせた。

「今朝がた、当家の顧問弁護士と話をしましたのよ。加州さまがあのように悲しい最期を迎えてしまった以上、碇矢家の当主の座と財産は、特別縁故者としてこの楼葉が継ぐことになると思います」

一人娘の肩にそっと触れる彩葉を見て、宇賀神が息をつく。

「そうですか。あいにく私は遺産相続には興味がありませんので、今日のところはこれで失礼いたします。そう云えば、親族が犯罪に関わっていた場合、相続欠格事由に該当することがあるようですので、お気をつけください」

＊

ねえ、誠。

さっき宇賀神本部長が云ってた『相続欠格事由』って何なの？

（ああ、あれか。民法八九一条の規定のことだよ。要するに、宇賀神は「もし楼葉が加州殺害の犯人だったら、碇矢家の財産を相続する資格を失うことになりますよ」と云いたかったんだろうな）

それって例えば、財産目的で両親を殺害した場合、加害者は相続の資格無しと判断され、実の子であってもその財産を相続することができなくなるってこと？

（うん。これは、相続秩序を侵害する行為に対して相続権を剝奪《はくだつ》する制裁措置なんだ。そんなことが許されたら、尊属《そんぞく》殺人を助長することになるし、そもそも故人の遺志が反映されなくなっちまうだろう？　ちなみに、殺人事件によって被相続人が死亡した場合、加害者の相続欠格が取り消されることは無いよ）

そうなったら永遠に相続人にはなれないってことね。

今回三人が亡くなったけど、胡桃は病死、雪奈は事故死とすでに結論づけられてるから、殺人の可能性があるとすれば加州の件か。

——ねえ、誠の考えを聴かせてよ。人間は空を飛べると思う？

（飛べない）

どう頑張っても？

（無理だね。体重五十kgの人間が空を飛ぶためには少なくとも十五mの翼が必要だ。翼にだって重さがあるし、翼を羽ばたかせるには強力な胸の筋肉が必要になる。鳥は胸に体重の二十五％もの筋肉を持ってるけど、人間は、走るための脚《あし》の筋肉に比べると胸の筋肉が少なく、どう考えても十五mもの翼は動かせない。空を飛ぶためには今の二十倍以上の筋肉が必要だよ）

えっ、そんなに？

（そもそも、使わない時はその十五mもの翼をどうやって格納するんだ？　そう考えると不便で仕方ないだろ？　つまり、人間の身体は最初から飛ぶことを想定してできてないんだよ）

確かにジャマだ。今まで考えたこともなかったけど、鳥の翼がきちんと格納される機能だけでも驚きに値する。鳥の構造ってすごいんだね。

（鳥は天敵から逃げるため命がけで、飛ぶ術を学ぶんだよ。生まれた時から飛べる鳥なんていない。DNAに組み込まれた業《わざ》を、生き延びるために自分で身につけるんだ。それができなければ死を待つだけ。つまり鳥は、生きるため自らの種を残すためにその身体を作り変え、空を飛ぶことを選んだんだ。加州が大空に憧れるのは勝手だけど、空にロマンを感じて飛ぶ鳥なんていないない）

イカロスとは違うってことね。

（もちろん空を飛ばない鳥だっている。ニュージーランドのキーウィや沖縄のヤンバルクイナのように、天敵がいない島などに長く棲む鳥がそうだ。飛ばないで済むならその方が楽に決まってるからな）

進化だけでなく、退化も当然あるってことか。それほど、近くに天敵がいるかどうかは重要な問題なんだ。

（ちなみに、ハトやオウム、猛禽類の一部は、食べたものを一時的に貯蔵しておくための器官を持っ

ている。これは素嚢《そのう》と呼ばれ、周囲に敵がいなくなった安全な場所でゆっくりと消化するための機能だよ）

何だか牛の反芻《はんすう》みたい。そんな、人間には無い消化器官を持ってる鳥がいるなんて驚きだ。それだけ周りに敵が多いってことなのね。

（——麻琴、ひとつ問題を出そっか）

何よ？

（密閉された鳥かごの中に小鳥を入れ、その小鳥が中の止まり木に乗った状態で精密な秤《はかり》に載せたとする。さて、小鳥が止まり木から離れて空中を飛んでる時、秤の表示は小鳥の体重分だけ軽くなるか？）

小鳥が空中に浮いたら、やっぱその分軽くなるんじゃない？

（残念。鳥が空中にいても重さは変わらないんだ）

どうして？

（羽ばたいてる時の小鳥の体重は空気を介して鳥かごが支えているからだよ。例えば、ホバリングしているヘリコプターのすぐ下では、上から強い風が吹き下ろしてるけど、それはヘリの重さを空気や地面が支えてるからなんだ。つまり鳥は懸命に羽ばたいて自分の体重を支えないと飛べないんだよ。そのために鳥は、進化の過程で体重を軽くする方法を編み出した）

例えば、どんな？

（骨の中に空洞を作ることによって骨全体を軽くした。人間は体重の二十％くらいが骨だけど、鳥はほんの五％しかない。また腸は短く、食べたものはなるべく早く消化してフンをする。膀胱《ぼうこう》が無いので、鳥は水をあまり飲まずおしっこもしない）

じゃあ、要らなくなった老廃物をどうやって捨てるのよ？　学校で勉強したもんね。アンモニアは有害だから尿素に変え、おしっこに溶かして捨てなきゃ。

（それは俺たち哺乳類の話だろ？　鳥は、溶かす先のおしっこが無いから、より複雑な固体の尿酸にまで変化させてアンモニアを無毒化してるんだ。鳥のフンが白いのはその尿酸の色だよ。つまりフンをする時におしっこの成分も一緒に出してるって訳）

へぇ。そこまでしなきゃなんないのか。鳥の生態を知れば知るほど、人間は空を飛ぶことができないという現実が浮き彫りになる。

——あ、そうだ。

突然空から魚や小動物が降ってくる現象があったよね？

（うん）

加州とヘリの衝突はそれで説明できないかな。

（その場にあるはずのないものが空から降ってくる現象はファフロツキーズと呼ばれ、それなりに科学的な研究も進んでる）

例えば？

（有力な説としては鳥原因説や竜巻原因説があるね。ファフロツキーズでは水棲《すいせい》生物の落下例が多いんだ。だから、鳥がくわえた獲物や消化しかけの餌を上空で取りこぼしているんじゃないかって考えがある。これが鳥原因説だ）

鳥が、くわえていた魚を落とすってこと？

（そう。水鳥は群れで行動する種が多く、危険を感じると、飲み込んだ獲物を吐き出す習性を持っている。体重を軽くして、目前の脅威から逃げやすくするためだ。また、仲間が吐き出すのを見れば、鳥は反射的に行動を模倣して獲物を吐き出すことも珍しくない。そのため、何かのきっかけで、数十羽から数百羽の群れ全体が空中で獲物を一斉に吐き出すことだって考えられる）

鳥は歯を持たず獲物を丸呑みするから、海辺や川辺で鳥の群れが魚を襲ってから時間があまり経っていなければ、生きたままの新鮮な魚を大量に降らせるってことか。

じゃあ、もうひとつの説は？

（竜巻原因説は、強い上昇気流の力で周辺の物体を巻きこみ上空へと放り出すもので、その物体は時として数十km先まで運ばれる。海上で発生した竜巻によって海水とともに魚が巻きあげられ、遠く離れた内陸部に落下した事例も報告されているよ）

人間も運べるかな。

（竜巻は数百kgある牛でも数km先まで運ぶ力がある。台風の最大瞬間風速の何倍もの力で暴れ狂う竜巻に巻きこまれたら、人間なんてあっという間にはるか彼方まで吹き飛ばされるだろうな）

それなら可能性がありそうね。

（まあ、ファフロツキーズの中にはあやしげな俗説もあるけどね。何者かが人為的に落下物を散布したり、天からの贈り物を秘伝の品として神聖化するためにエピソードを創作する説なんかも広く知られている）

ＵＦＯがばら撒《ま》いているとか、宇宙から飛来したなんて話も聞いたことがあるよ。ここまで来るともう何でもアリね。はてさて真実はどこにあるのか。

（黄砂《こうさ》なんて現象は、今でこそ不思議でも何でもないけど、昔は、空から降ってくるファフロツキーズの一種として認識されてたんだろうな。海の向こうから砂が吹き飛ばされてくるなんて、現象を見ただけで真実にたどり着ける者は限られる。それこそ、空の上にある天国から降ってきたと考える方が素直な発想だよ）

お空の上の天国か。空に浮かぶ島、まさにラピュタ伝説だ。

そんなラピュタ・アイランドを実現するために、実際の島を丸ごとテーマパークにしようとした加州は、いったいどうやって上空五百mの場所まで移動したのか。

私にはさっぱり解らない。

──ねえ、誠。

どう？　事件の謎、解けそう？

（このパズルはなかなか難解だ）

うん、そうね。

（あとひとつピースが見つかれば解けると思うんだけど）

ホントに？

誠、お願いよ。一刻も早く安奈ちゃんを苦痛から解放してあげたいの。あんた流のやり方で構わないから、この屋敷に棲む魔物を退治して！

＊

十二月二十四日（火）。

朝から降り続く小雨のせいで、肌寒い一日となった。

午前十時に始まった葬儀は、告別式、出棺、火葬、骨上げ、精進落としと滞りなく進み、午後二時半にはすべての予定を終了した。

私たち使用人は火葬場には向かわず、邸内で料理の支度をしていたので、雨の中を出かけて行った碇矢家の人たちほど疲れていないはずだ。

実家の長野から駆けつけたお抱え運転手の馬場恭太郎《きようたろう》とはこの日初めて会ったが、終始虚ろな表情を浮かべていた。加州の遺影を前に呆然《ぼうぜん》としたまま、私が挨拶してもろくに返事もせず、心ここにあらずの状態だ。

宇賀神本部長が関係者をリビングルームに集めた。碇矢家の一族や使用人だけでなく、箕輪家の奏多と仁もこの場に呼ばれたようだ。この前みたいに楼葉と云い争いにならないことを心の中で祈る。

窓ガラスに当たる雨音が少し気になったので、リビングルームとダイニングルームのカーテンをすべて閉めて回った。

午後三時過ぎ。

緊迫した雰囲気の中、神奈川県警のトップが口火を切る。

「碇矢家並びに関係者の皆さん。葬儀が終わったばかりでお疲れのところお集まりいただき、誠に恐縮です。当家におかれましては、この一ヶ月ほどで当主の加州氏、その妻、雪奈さん、そして当主の姉、胡桃さんの三名が亡くなられました。いずれも碇矢家の中核を担っていた方たちです。本日は、短期間に発生した三件の死亡事案に関して警察の見解をお伝えするとともに、あらためて皆さんから新たな事実や思い出した出来事などを伺えればと思っています」

宇賀神はそこでコップの水を少し口に含んだ。いくぶん歯切れが悪いな。まだ謎がすべて解明されていないということか。

「まずは、十一月十七日に亡くなった碇矢胡桃さん。彼女は末期がんにより一年前から入院していましたが、この春、余命六ヶ月と宣告されました。半年経過しても小康《しょうこう》状態を保っていたことから、本人の希望もあり、生まれ育ったこの屋敷に戻ってきたところ、残念ながら帰宅後十三日目に亡くなられました。長く入院していた三田義塾大学病院の主治医からも話を聞きましたが、特段不審な点は無かったため、本件は『病死』と判断しました」

そりゃそうでしょ。亡くなるまでずっとそばにいた私が云うんだから間違いない。

あれ？　ちょっと待ってよ。これって、もし胡桃の死に何か不審な点があったら、私が最重要容疑者になってたかもしれないってことだよね。危ない危ない。

「次に、昨日、相模原総合病院で亡くなられた碇矢雪奈さん。彼女は十一月十九日の深夜にこの屋敷の大階段から転落、後頭部を強打し脳挫傷を負いました。脳の一部を損傷したまま、一度は意識を取り戻したもののその後容体が急変し、昨日の午前中、病院のベッドで息を引き取りました。彼女が階段から転落した時に裾の長いナイトガウンを着ていたこと、転落直後に駆けつけたメイドさんの証言によりその時階上には誰もいなかったと推測されること、さらに玄関に設置された監視カメラの映像にも本人以外の人物が映っていなかったことから、本件は『事故死』と判断しました」

本当にそうなのだろうか。あの時私が耳にした「やめてーっ！」という叫び声は何だったのか。すすり泣く安奈を抱き寄せながらも、それだけが腑《ふ》に落ちなかった。

宇賀神がひとつ咳払いする。

「そして、十一月二十二日の早朝に自宅から忽然と姿を消して行方不明となり、おととい奥多摩山中で遺体が発見された碇矢加州氏。失踪した日の夕刻に上空五百mで衝突事故を起こしたヘリコプターの機体に付着していた血痕がDNA鑑定により彼のものと断定されたことによって、この事件は大きな謎として我々の前に立ちはだかり、その状況は今も変わりありません。なぜ加州氏は上空五百mの場所にいたのかという疑問に、我々はどうしても解答を示すことができないのです」

無念さが伝わってくるほど強く唇を噛む県警トップ。判らないことを包み隠さず堂々と「判らない」と云えるのは立派だと思う。

「何の不思議もありませんよ、本部長さん。加州さまは、子どもの頃から憧れていたイカロスのように大空を飛んでいたんですから」

専務の彩葉はそれ自体が愚問《ぐもん》だと云わんばかりに肩をすくめた。副社長の洋一郎が一歩前に出る。

「もし加州さまがヘリに接触したために亡くなり、それが罪に問われるのであれば、どうか私を罰してください」

両手首を合わせて高く掲げる洋一郎に、宇賀神は「もし加州氏が空を飛んでいたのだとしても、ヘリを操縦していたあなたの責任を追及することはできません」と告げ、そのまま天を仰いだ。

不可解な謎を前に、宇賀神さん相当苦しんでるみたいね。

一応、確認しておこうかな。

「あのう。旦那さまがもっと高いところから落下してきて、ヘリコプターと衝突したということは考えられませんか？」

この発想、イケてると思うんだけど。

「それってどういう意味？」

脇にいた浅倉警部が私に強い眼差しを向けた。

「つまり、一定の場所に魚やオタマジャクシが大量に降ってくるファフロツキーズのように、もっと上空から降ってきたのではないかと――」

ファフロツキーズについてはゆうべ誠とみっちり話したから自信があるもんね。――誠、何かあったら頼むよ。

「例えば、獲物を運んでいた鳥が何らかの危険を感じ、身軽になるためにその獲物を投げ捨てたり、吐き出したりするケースです」

「はん！　人間は小魚じゃない。仮に猛禽類に襲われたとしても、持ちあげられるのはせいぜい五kgくらいまで、十kg以上となると到底無理だ」

どこか鼻で笑うような浅倉の発言は、私に、かつて胡桃がイヌワシに襲われたエピソードを思い出させた。大きなイヌワシでも十五kgの胡桃を持ちあげることはできなかったという。確かに、小柄とは云え成人男性の加州を大空に運びあげるのは容易じゃない。

「もしかすると、数百kgの牛でさえ巻きあげるという竜巻によって、上空五百mまで運ばれたのかもしれません」

私の仮説を聞いた浅倉が首を左右に振る。

「衝突事故当日の気象データはすべて調べたが、東京都を中心に広い範囲で晴天だった。竜巻の発生なんていっさい報告されていない。だから人間が、しかも大人が空から降ってくるはずはないんだ！」

え、そうなの？

「あのさ、『かもしれない』じゃ事件は解決しないんだよ。信頼できるデータと合理的な説明が必要なんだ。これだからシロートは困る。いつも思いつきで我々警察の捜査を混乱させるからな！」

何よ。そんなににらまなくてもいいじゃない。泣いちゃうぞ。

——ディンドン、ディンドン。

左脳の奥で鐘が鳴り響いた。誠だ。

(そうか。そうだったのか。やはりイカロスの魂は大空へと導かれていたんだ)

はい？　あんた、何云ってんの？

(麻琴。最後のピースが見つかったぞ)

ホント？　真相が見えたの？

(ああ、見えた。稲村ヶ崎《いなむらがさき》から眺める江の島くらいはっきりとな！　イカロスの謎はすべて氷解した。

——麻琴、チェンジだ。準備はいいか？)

うん。あとは任せた。

＊

「——あのう。ちょっといいかな」

誠はおもむろに振り返り、リビングルームにいる全員を見渡した。先輩メイドがこっちに視線を向け、「あんた。もうやめときな」とささやく。

おっとっと。突然のけ反るかと思えば、次の瞬間には前屈《まえかが》みになった。

それは奇妙な体験だった。私の身体が、私以外の人間の意思によって動いている。生まれてから今日まで、これほどの違和感を覚えたことは無かった。

誠は以前、私たちの神経細胞は互いにつながっていて、自分の脳で起こった興奮を私の末端器官である手や足に伝えたり、逆に末端器官が受けた刺激を感じることができると教えてくれた。今はきっと、誠の脳が直接、私の脊髄《せきずい》や末端器官に働きかけているのだろう。

ねえ、誠。お願いだから変な言葉遣いしないでよ。あくまでも今しゃべってるのは私なんだから、絶対俺とか云っちゃダメよ。あんたはたった今から女の子として生まれ変わったと思って。

(解ってるって。先刻ご承知なのよさ)

ピノコか！　ちゃんとしないと今度から図書館連れてってあげないからね。

(アッチョンブリケ！)

何か腹立つなあ。でも脅《おど》しじゃないよ。本気だかんね。

(アラマンチュ！)

ああ、頭痛くなってきた。こんな調子で大丈夫かな。

誠がぎこちない仕草で浅倉警部に歩み寄る。

「空から人が降ってくるはずがない。——あんた今、そう云ったか？」

「ああ。確かに云った。それがどうした？」

「偉そうに市民を見下《みくだ》してるけど、ちょっとばかり観察力と洞察力が足りないね」

「何だと？」

誠、何やってんのよ。あんたの役割は謎解きでしょうが！　浅倉警部、今にも飛びかかってきそうじゃん。すぐに謝んなさい！

（嫌《や》だペンペン！）

くそーっ。こいつ、どうしてくれようか。

とりあえず浅倉警部のことは森下刑事部長がなだめてくれたみたいだけど、この先が思いやられる。

とにかく、お願いだから謎解きに専念してちょうだい。

（へいへい）

誠は静かに語り始める。

「今年の六月三十日、日曜日の穏やかな午後、イギリスはロンドン近郊のクラパムという街の民家の庭に突然人間が降ってきた」

はい？　マジか。

「この近辺では、同様の事件が二〇一二年九月、二〇一六年四月にも起こっている。その詳細は『デイリー・ミラー』や『ザ・サン』にも記事として採りあげられた。これは紛れもない事実なんだ」

誠はそう云って、浅倉警部の鼻先に人差指を突きつけた。

ちょっと待ってよ。あんた、そんなこと云っちゃって大丈夫なの？

（モウマンタイ。俺は世界じゅうのニュースに目を通してるからな）

「おいメイド！　いい加減なことを云うと、この場からつまみ出すぞ！」

目を三角にして叫ぶ警部を「浅倉、落ち着け！」と森下が身を挺《てい》して抑えこむ。

隣にいる宇賀神本部長が首を傾げた。

「和久井さん。興味深い話だが、ちゃんと種明かしをしてくれるんだろうね？」

「モチのロンだ！　こんなもの謎解きでも何でもないからね」

何よ、モチのロンって？　今どき、五十過ぎのオッサンでもそんなこと云わないわよ！　なんで普通にしゃべれないかな。

誠は素知らぬ様子で話を続ける。

「このクラパムという街の上空は、ロンドン・ヒースロー空港への着陸ルートになっていて、ちょうどこの辺りを通過するタイミングで、主脚を納めた旅客機下部の格納部が開くんだ。上空から降ってきたのは密航を試みたケニア人だった。ナイロビの空港でロンドン行きの旅客機に忍び込んだものの、寒さと疲労のために動けなくなり、格納部が開いたことにより落下したんだ。落下地点のわずか数m先で、民家の住人が日光浴をしてたらしいよ。とんでもない衝撃音とともに、庭一面が血だらけになったとか。——ほらね。このように、着陸ルートにあたるこの近辺ではしばしば人が空から降ってくるんだよ」

わあ。空から人が降ってきて自宅の庭が血の海になったら、トラウマになりそう。これって、ひとつ間違えばその住人も巻き添えを食ってたってことだよね。

「事件を捜査した警察は、旅客機の車輪が収納されている格納部の中で、死亡した男性のものと思われるバッグを発見した。そこには人間が一人身を屈めれば見つからずにいられるだけのスペースがあったんだよ」

もしその男が密航者じゃなくてテロリストだったら、と考えると怖ろしい。簡単に忍び込める空港のセキュリティにも問題があるんじゃないかな。

「調査により、その男は高度三千五百フィート、つまり千mくらいから半冷凍状態で垂直落下し、地面に叩きつけられたことが判った。ナイロビからの飛行時間はおよそ九時間。飛行中の格納部内はマイナス六十度近くになり、酸素が薄くなることを考え合わせると、この密航者は旅客機の中ですでに死亡してたのかもしれないね」

浅倉が仏頂面《ぶっちょうづら》で横槍《よこやり》を入れる。

「マイナス六十度で九時間か。まるで自殺行為だな。そこまでして密航を企《くわだ》てるなんて理解に苦しむ」

誠は間髪《かんはつ》を容《い》れず反応した。

「あんた、新聞読んでないのか？　イギリスがなんでEUを脱退しようとしてるのか理解してないのなら引っ込んでてくれ！」

小さく「くっ」と声を漏らした警部に誠が詰め寄る。

「イギリスでは二〇〇〇年以降、EUに加盟したことにより東欧からの移民が急増、さらに近年では紛争が続く中東やアフリカからの難民がこれに加わった。イギリスは医療費が無料で雇用保険や公営住宅などの社会保障が充実しているため、それを目当てに彼らはこの国を目指すんだ。ロンドンなど大都市を中心に外国人が激増したことにより、一部のイギリス人がこれに拒否反応を示し、移民や難民の排斥を唱えている」

それらの社会保障に充てる税金を支払うのはイギリス人だから、移民や難民に対する社会福祉予算が増え続ける中、国民の不満は募《つの》る一方なんだろうな。

「空から降ってきた青年も、そうした難民の一人に違いない。天然資源が豊富なアフリカは将来有望な市場とみなされ、世界各地からの投資が加速している。それにより大金持ちが次々と誕生し、圧倒的多数の貧しい人々との経済格差は広がる一方だ。内戦や紛争ばかりでなく、こういう貧富の差も難民を生み出す大きな原因になってるんだよ。そうした状況が解決に向かわない限り、飛行機に潜り込んで密航しようという者が続々と現れ、その結果、空から人が降ってくることになる」

貧富の差か。ＳＤＧｓの十七の目標でも、一番目は『貧困をなくそう』だったもんね。この問題は根が深い。

誠はもう一度、浅倉警部に向き直った。

「これが、信頼できるデータと合理的な説明ってヤツだよ。――解ったかい？　決してあり得ない話なんかじゃない。人が空から降ってくる現象は実際に起こってるんだよ！」

そう云い放って、誠は右足を椅子の上に乗せた。

あ、バカ！　メイド服のスカートがめくれて、ひざ上まで見えちゃってるじゃないの！

（あ、ゴメンゴメン。ついうっかり）

何が「ついうっかり」よ！　あんた、わざとやってない？　私もう、恥ずかしくてこの屋敷にいられないよ。

誠のバカは私の気持ちなんて無視して説明を続ける。

「だけど今回の加州事件はそうじゃない。本質的に違うんだ。遺体が発見された場所は羽田《はねだ》や成田《なりた》に向かう旅客機の着陸ルートからも外れてるしね。――つまり加州は、上空を飛ぶ航空機から落下した訳じゃないってこと」

＊

「お前、何云ってんだ？　いい加減にしろ。ここはシロートが推理ごっこをする場所じゃないんだ！」

浅倉警部ふたたび。

ねえ、誠。さすがにヤバいよ。あの顔、見てよ。マジで怒ってんじゃん。この人もプライド高そうだから、あまり刺激しな——。

「うるさい、この唐変木《とうへんぼく》！　外野はすっ込んでろ！　知能の低いあんたらじゃ事件が解決しないから、こっちはボランティアで謎解きしてやろうって云ってんだ！」

わあ、やっちゃった。たった今、注意したばっかなのに。

あんた、ヒトの話聞いてる？　ヘタしたら逮捕されるよ。——て云うか、逮捕されるの、私じゃん！　誰か、こいつを止めてください！

（ホントにうるさい女だな。ゆうべ『あんた流のやり方で構わない』って云ったのはどこのどいつだよ）

そりゃ確かに云ったけどさ。

「部長。この女、絶対に許せません！」

浅倉が上司に訴える。ごもっともな意見だ。

幸いなことにまたしても、森下が「少し冷静になれ、浅倉。相手は一般人だぞ」と、爆発寸前の部下を抑えつけてくれた。県警のお偉い公務員に感謝。

宇賀神が本質に迫る。

「ところで和久井さん。もしかして君にはもう、今回の加州失踪事件の真相が判っているのかね？」

「いかにも」

何よ、いかにもって？　ちりめん問屋のご隠居か！　二十才《はたち》そこそこの女の子がそんな言葉使う訳ないでしょ！

（うるさいなあ。俺だってハタチそこそこだっつうの）

浅倉が森下の腕をすり抜け、さらに挑発する。

「ふん。お前みたいな一介のメイドがこんな難事件を解決できる訳ないだろう！」

「浅倉、やめろ！」

「何云ってんスか、部長！　こういう目立ちたがり屋のシロートにはガツンと云ってやんないと」

「――そうだね」

おっ。誠、改心したか。早く謝れ。今ならまだ許してもらえるかも。

誠が神妙な面持ちで前を向く。

「確かに、こんなに肌がピチピチで、アイドル顔負けの可愛いメイドごときに謎を解かれちゃ、警察の威信は丸つぶれだし、いつも見下してる市民の前に顔を出すこともできないよね」

誠！　あんた、何云ってんの！　勝手に余計な修飾語を付け加えるな！

（角度によっては橋本環奈に似てんだもんな）

なんでそんなこと憶えてんのよ！　二度と口にしないで！　ホントにイライラするわね。私が陶芸家だったら、焼きあがった皿を片っ端から叩き割ってるところだぞ！

誠は私の云うことを聞こうともしない。

「宇賀神さん、どうする？　この坊やの云う通り、謎解きするのやめようか？」

あんたの方がずっと年下でしょうが。

「いや。とりあえず最後まで話を聴かせてくれないか？　頼むよ、和久井さん」

宇賀神はそう告げて、誠の推理を妨《さまた》げないよう部下の二人に念押しする。

誠はひと言「よしっ！」と発し、リビングルームの中を時計回りに歩き出した。完全に探偵気取りだ。左手が宙に浮いたままなのは、きっと名探偵がパイプを持ってるイメージなのだろう。

「落ち着きの無い女だな」

浅倉のつぶやきを耳にした誠の足が止まった。嫌な予感がする。

「浅倉さん。あんた『USエアウェイズ一五四九便』の事故を知ってるか？」

「はあ？　お前いったいどういうつもりだ？」

ほら。この警部、もう完全にケンカ腰になってんじゃん。一触即発だよ、これ。

誠は冷静に語り続ける。

「そんなことは訊いてない。『知ってるか？』と云ったんだ」

「いや、知らない」

浅倉は小さな声で吐き捨てた。誠は、近くにいる本部長に向き直る。

「宇賀神さん。市民に対して偉そうにするトレーニングは少し控えて、社会人として最低限の一般常識を教える時間もスケジューリングした方がいいんじゃない？」

「肝に銘《めい》じておくよ」

「あんたは解るよね？」

「もちろん知ってるさ。いわゆる『ハドソン川の奇跡』だ」

ああ、あの事故か。トム・ハンクスが機長役の映画を観たよ。

「そう。二〇〇九年一月十五日、離陸間もない旅客機のエンジンが停止してハドソン川に緊急着水し、乗客乗員全員が無事救出された事故だ。離陸から着水までわずか五分間の出来事だった。――じゃあ、どうしてUSエアウェイズ一五四九便のエンジンは停まってしまったのか？」

「ふむ。確か、バードストライクじゃなかったかな」

県警トップが首を傾げる。

「さすがキャリア組。そこいらのピーマン頭の刑事とはモノが違うね。一五四九便はニューヨークのラガーディア空港を離陸直後、カナダガンの群れに遭遇して両エンジンがほぼ同時に停止し、飛行高度を維持できなくなった。エンジン内部のコンプレッサーが致命的なダメージを受けたため、エンジンを再始動することもできなかった。だから機長は、時速二百七十㎞で飛ぶ旅客機をそのままハドソン川に着水させたんだ。短時間で正確に事態を把握し、機体の角度を十一度に保ったまま着水するなんて奇跡としか云いようがない」

「確かに君の云う通りだな。少しでも着水の角度やタイミングを誤ったら、機体はバラバラになっていただろう。冷静に対応した機長やスタッフに敬意を表するよ」

「――おい、メイド。犯人を知ってんのなら、早く云え！」

浅倉が脇から命令口調で口をはさむ。

この警部もしつこい人だな。でも誠、彼の立場も――。

「それが他人《ひと》に教えを乞《こ》う態度か、この不届《ふとど》き者！　こっちは大事な皿洗いの時間を割《さ》いて、脳みそすっからかんのあんたらにも解るように説明してるんだ！」

誠、お願い！　ひとまず落ち着いてちょうだい。気持ちは解るけど、こんなことでエネルギーを浪費するなんてあんたらしくないって。

　思い出して！　あんたのミッションは謎解きなのよ。

（ふむ。確かにそうだな。こんなヤツ相手にするのはやめる。無駄に足を見せるのもやめるよ）

やっぱこいつ、わざとやってたな。だいたい無駄って何よ？　失礼しちゃうわね！

　またまた部下を叱る刑事部長の姿を視界に捉える。

「和久井さん。申し訳ない。どうか続けてほしい」

　森下の言葉に小さくうなずいた誠は、その場にいる全員を見回した。

「今年の夏にも同じような事故が起こった。八月十五日に、ロシアのジュコーフスキー空港を離陸した『ウラル航空一七八便』の事故がそれだ。離陸直後にカモメの群れに行く手を阻まれ、付近のトウモロコシ畑に不時着したんだけど、こちらも乗客乗員全員が無事だった。胴体着陸した場所から『トウモロコシ畑の奇跡』と呼ばれてる」

　それにしても、よくそんな細かいことまで頭に入ってんな。正直なところ、私としてはもう少し礼儀とかコミュニケーションの取り方を憶えてほしいんだけど。

　誠の解説は続く。

「実はバードストライクによる危険は飛行機の登場以来ずっと続いてるんだ。公式に記録されている最初の衝突は、ライト兄弟の兄の方、ウィルバー・ライトが一九〇五年に経験したもので、一九一二年には鳥が原因で最初の死亡事故が起きている。ターボジェットエンジンが主流の現在は鳥がエアインテークに吸い込まれる事故が多く、特に旅客機のジェットエンジンはエアインテークの直径と推力が大きく、かつ地面に近いため、バードストライクが起こりやすいんだ。国際化やＬＣＣの導入が進む羽田空港では年間二百件近く発生してる」

「――和久井さん。バードストライクの危険性はよく解ったよ。でも、まさか空飛ぶことを夢見ていた加州が鳥になってヘリコプターと衝突したなんて云うつもりじゃないだろうね。そろそろ事件の真相とやらを話してくれないか？」

さすがの県警トップもしびれを切らしたようだ。誠は大きくうなずき、右手で指をパチンと鳴らした。

「ふむ。じゃあここからは、アイドル顔負けの可愛いメイドが『目に見える事実』から『目に見えない真実』を導くショータイムだ！」

あんた、そのフレーズ気に入ってるでしょ？　私がどれだけ恥ずかしい思いをしてるか解ってる？　私が黒ひげだったら、とっくに樽《たる》から飛び出してるわよ！

誠は私の羞《しゅう》恥《ち》心など気にも留めず語る。

「人間はどんなに努力しても空を飛べない。もちろん、いかに碇矢家の当主と云えど飛ぶことはできない。だけど加州のDNAが上空五百mに存在していたのは事実だ。つまり、加州のDNAを上空五百mまで運んだヤツがいるってことだよ」

えっ、どういうこと？

宇賀神が大きく首を傾げた。彼の真似をしているのか、誠が何度も頭を左右に振る。そんなにポニーテールが珍しいか。

誠はゆっくりと関係者全員を見回した。

「加州は想像を絶するほどの力で奥多摩山中の岩に叩きつけられて絶命した。宇賀神さんが云う通り、上空の高い位置から墜落したに違いない」

「ほら、見なさい！　やっぱり加州さまは空を飛んでいる時に、ウチのヘリと接触したんじゃないの」

したり顔で周囲の同意を求める彩葉。でも誠は大きくかぶりを振った。

「そうは云っていない。ただ、空の上から落下したのは間違いない。腹部を鋭い岩にぶつけた衝撃で加州の身体は二つに引きちぎられ、辺りに漂《ただよ》った血の匂いを嗅ぎつけた奥多摩の野生動物がその遺体を貪《むさぼ》った。あの一帯にはツキノワグマやホンドギツネが生息してるからね。その中でも、加州のDNAを地上から上空五百ｍまで運ぶことができるのは、イ、ヌ、ワ、シ以外には考えられない！」

＊

「何だって？」

「加州さまの遺体をイヌワシが？」

「加州さまは空を飛んでいないってこと？」

「だったら、加州さまはどうして奥多摩の森なんかにいたのよ？」

ざわめくリビングルーム。碇矢家の人々が勝手にしゃべり始める中で、考えを巡らせているのか話の続きを待っているのか、宇賀神は黙して語らず。

誠はまたゆっくりと時計回りに歩き出した。室内が再び静かになる。

「時期は十一月。猛禽類も冬に備えて食料を貯蔵する必要がある。ヤツらも生きるために必死だからね。奥多摩山中の大きな岩の近くで加州の遺体を発見したイヌワシは満足するまで死肉を貪り、巣に帰ることにした。辺りはすでに陽が暮れようとしている。イヌワシは懸命に羽ばたくが、いつものようには飛べなかった」

「鳥は暗いと目が見えないって云うからな」

浅倉警部の反撃。でもこの人は、誠の驚異的な記憶力と思考力を理解していない。三重螺旋構造のDNAはダテじゃないよ。

「あんた、ホントに凡庸《ぼんよう》だな」

「何だと？」

「猛禽類は、まだ暗い早朝の時間帯や夕方以降の時間帯にも飛べるし、多少の明るさがあればハンティングだって行う。そもそもフクロウなんて夜行性だからね」

「鳥目《とりめ》って言葉があるじゃないか？」

「それは、我々人類にとって最も身近な鳥であるニワトリが夜になると視界が利かなくなることに起因している。実際のところ、ほとんどの鳥が夜でも人間以上の視力を持っているし、飛ぶことだってできるんだよ。もちろん、日中と比べると夜間の視認性は下がり、陽の光があるうちに活動した方が捕獲率だって上がるから、差し迫った事情が無ければ夜間は活動しないけどね。つまり、いわゆる鳥目の鳥はニワトリなどごく一部でしかないってことさ」

浅倉警部が悔しそうに横を向く。誠は仕切り直すように、もう一度指を弾《はじ》いて鳴らした。

「そんなタイミングでイヌワシは、時速二百㎞の猛スピードで飛ぶヘリコプターと衝突した。高度は五百m。イヌワシは腹部に強い力が加わったことで素嚢が圧迫され、そこに蓄えられていた加州の血や肉の一部がヘリとの接触部分に付着したんだ。だから、ヘリの機体表面に残された血痕から加州のDNAが検出されたんだよ」

なんと！　信じられない。

奥多摩のイヌワシが碇矢加州のＤＮＡを上空五百ｍまで運んで、碇矢家が所有するヘリコプターの機体に、当主本人であることを証明する痕跡を残したのか。

「素嚢っていうのは、消化に先立ち食べたものを一時的に貯蔵しておくための器官のことで、そこでは栄養分の吸収は行われない。天敵などの危険が去ったら安全な場所でゆっくりと消化するんだ。猛禽類など死肉を食べる種は、餌が大量にある場合、できるだけ多く詰め込もうとするため、素嚢が大きく膨らみ、その分だけ体重が増える」

だからそのイヌワシは思い通りに飛べなかったのか。

「イヌワシの成鳥は、翼を広げると二ｍ近くになる。両手を伸ばした人間とほぼ同じサイズだよね。その大きさなら、すでに当主失踪の報告を受けていた鈴葉さんが加州と見誤るのも無理ないよ。驚くべきは、その時確かにイヌワシの体内に加州のＤＮＡが存在していたという事実だ」

イヌワシの羽は茶褐色だから、陽が暮れたあの時間帯では黒く見えたんだろうな。加州の死肉を貪ったあと自分の巣に帰る途中で時速二百㎞のヘリコプターと衝突したイヌワシは、その衝撃で素嚢が破裂してしまったんじゃないかな。もしそうなら、近くの森か巣の中で、自分の身に何が起こったのか理解しないまま死んでいったに違いない。

「――宇賀神さん」

ゆっくりと歩み寄る誠に、県警トップが「何だい？」と反応する。

「科捜研で分析してもらったのは、ヘリの機体に付着した血液に関して、だよね？」

「ああ、そうだ」

「それじゃ今度は、ヘリの機体から採取したあのシミを、鳥類を専門に扱う機関で調べてもらったらどうかな？　イヌワシはヘリと衝突した時に素嚢を圧迫され、その中にあった加州の血を吐き出した。ヘリの機体が丸みを帯びてるために外傷を負わなかったとしても、イヌワシ自身も機体に接触してるんだ。気流によって痕跡の大部分は吹き飛ばされるだろうが、衝突箇所には例のシミと一緒にイヌワシの小羽枝《しょううし》が残ってるんじゃないかな」

「小羽枝？」

「鳥の羽根は、羽軸《うじく》から二回枝分かれする構造になってるんだ。一般に、最初の枝は羽枝《うし》、次の小さな枝は小羽枝と呼ばれる。小羽枝の大きさは、長さ百㎛《マイクロメートル》、幅十㎛、厚さ三㎛くらいなので、肉眼で見つけることは難しい。一㎛は一㎜の千分の一だからね」

へえ。そんなに小さいんだ。

「環境省生態環境局の生物多様性研究所とか、山科《やましな》鳥類研究所に持ち込めばすぐに判ると思うよ。その結果、機体のシミから猛禽類の小羽枝が見つかったら、上空五百ｍでヘリに衝突したのはイヌワシだと証明されるはずだ」

誠は満足げに笑みを浮かべた。結局、私があの時見た黒い影は加州ではなく、奥多摩に生息するイヌワシだったということか。

「――昔は、相模湖の辺りでもよくイヌワシを見かけたもんだけどねえ」

鈴葉が遠い目をして記憶をたどる。少し淋しげな表情だった。誠は大きくうなずいて彼女の言葉を継いだ。

「奥多摩や丹沢《たんざわ》だけでなく、かつては相模の山々にもイヌワシが生息していたことが確認されている。

幼い頃、胡桃はこの屋敷の庭でイヌワシに襲われたという。今から五十年ほど前はこの近辺でもそういう光景が見られたってことだ」

「そうね」

鈴葉も同じようにうなずいた。

「でも今じゃ相模湖に行ってても津久井《つくい》湖に行ってもイヌワシを目にすることはない。この辺りが棲みづらい環境になったからだ。イヌワシの主要な生息地である山岳地帯の森林環境は劇的に変わった。戦後の拡大造林政策によって植えられたスギやヒノキが充分に生育しているにもかかわらず、市場価値の低下により伐採されなくなったせいだよ。密生した樹々が山を覆ってしまったために上空から獲物を見つけることができなくなり、イヌワシにとって好適な採餌《さいじ》エリアは次第に失われていったんだ」

誠の話しぶりが熱を帯びてきた。お願いだから冷静さを忘れないようにね。

両手を象徴的に広げた誠が碇矢家の人たちに訴える。

「そこに追い打ちをかけたのが、ゴルフ場やリゾート施設、テーマパークの建設を強引に進めるあんたらだ。森林や山間部の乱開発によって、ノウサギやヘビなどを捕食するイヌワシの採餌環境は次々と破壊された。仕方なくヒツジやヤギといった家畜を襲ったために今度は害鳥として駆除され、さらに、人間による環境汚染物質の影響によってその繁殖活動まで妨げられているんだ！」

そう云ってにらむ誠の視線を、うつむいて外す碇矢家の一族。

「あんたらの、大自然の食物連鎖を無視した開発行為は、イヌワシの生態も変えた。餌を見つけられなくなったイヌワシは、生き残るためそして子孫を後世に残すために動物の死肉を食べるようになったんだ」

だから加州の遺体をついばんだのか。何だか、鳥が自分の身を守るためにその身体を作り変えて空を飛ぶようになった進化の過程に似ているような気がした。

誠の話は続く。

「ただ、これはイヌワシにとって必ずしも悪い話じゃない。鳥類にとって何よりも大切なのは翼だ。他の動物との争いや餌の捕食中に翼を傷つけて飛べなくなったら、それは間違いなく死を意味するからね」

鳥にとっての翼は、人間にとっての脚以上に重要なんだろうな。

「だけどこれだけは忘れちゃいけない。イヌワシは自ら望んだ訳でもないのに、あんたらの金もうけのために生態を変えざるを得なくなり、腐肉食になったんだ」

誠が目を見開いて声を張る。

「いいか？　乱開発を続ける碇矢グループのせいで、加州はイヌワシの餌になった。あんたらがイヌワシを、いや大自然を怒らせたんだ！　どう贔屓目《ひいきめ》に見ても自業自得だよ！」

＊

宇賀神本部長が思い出したように語る。

「イヌワシは勇壮で力強く、孤高かつその美しい姿ゆえに、古くはローマ時代から権力の象徴として王家の紋章や部族のシンボルとして広く用いられてきた。スポーツの世界でも、英名のゴールデンイーグルを愛称とするチームがあるくらいだからな」

確か、ローマ帝国やハプスブルク家の紋章は『双頭の鷲』だったと記憶している。誠は、やり切れない様子で碇矢家の一族を見据えた。

「人間による環境破壊や密猟のせいで、イヌワシは今、絶滅の危機に瀕《ひん》している。悲しいことだよ。森林生態系において食物連鎖の頂点に位置するイヌワシは、そもそも数の多い生き物じゃない。繁殖は年に一回だけ。半年以上の期間を費やしてようやく一匹のヒナを育てあげるんだ。それゆえ、何らかの原因で生息数が減ると、回復するのは容易じゃない」

覆水盆に返らず、か。

夏樹が農園を開き、ナッツで大成功した碇矢一族。今さらだけど、レジャー開発に舵《かじ》を切らずそのまま農園業に経営資源を集中させるべきだったってことかな。

すべてが加州の一存で決まる碇矢グループでは、副社長の洋一郎、会長の鈴葉、専務の彩葉、社長秘書の楼葉はいずれも決定権を持ち得なかったから、彼らにすべての責任があるとは云えない。でも加州の暴走を止められなかったのもまた事実だ。碇矢家が呪われた一族と呼ばれるようになったのは、思いつきの乱開発が地球の怒りを買ったせいかもしれないね。

誠が「この地球《ほし》はひとつの巨大な生命体なんだよ」と語り始める。ガイア理論だ。地球とそこに棲む生物が相互に関係し合って環境を作りあげているという話は何度も聴かされたっけ。

「人間が汗をかいて体温を調節したり、発熱して病原体の力を弱めたりするように、地球は自ら環境を一定に保つ『自己調節システム』を備えてるんだ。だからいつの日か、環境破壊行為を続けている人類は地球から有害生物と見なされ、この自己調節システムが作動することによって滅んでしまうかもしれないね。我々は地球という自然の一部であるということを心に留めておかなければならない。ひとつの大きな生命体である地球の中で、他の動物たちと異なる特別な存在じゃないんだから」

誠が遠くを見る。

「この地球《ほし》には、次の世代に引き継いでいかなければならない素晴らしい遺産がまだまだたくさんある。野生動物を保護し自然環境のバランスを保っていくことは、地球上に生きる我々の責務なんだよ。

――そう思わない、楼葉さん？」

社長秘書は顔を上げ、小さくうなずいた。

「え、ええ。これまで碇矢グループにおいて環境面での取り組みが充分でなかったことは認めます。加州さまというカリスマ経営者が去った今、これまで通りの事業展開では広く皆さまの支持と信頼を得ることはできないでしょうね」

楼葉は必死に平静を保とうとしているように見えた。その表情に、私が知ってるアイスドールの面影は無い。

「――あのう」

浅倉警部が遠慮がちに手を挙げた。誠が「何？」と面倒くさそうに応える。

「いや、あの、さっき腐肉食の話が出たけど、チベット辺りでは人間の遺体を猛禽類に食べさせる鳥葬《ちょうそう》という儀式がありますよね？　日本人には馴染みの無い風習なので野蛮とか残酷とかって意見もあるけど、自然から恩恵を受けてきた自分の身体を最終的に自然に返すというのは理に適《かな》ってると思うんですよ。死が無駄にならず、つながっていくって云うか」

ん？　いつの間にか敬語を使ってるのは気のせいかな。

「たまにはいいこと云うじゃん、警部さん」

誠、上から目線でモノ云っちゃダメだってば！　――でも、当の本人が嬉しそうな顔してるから、まあいいか。

浅倉が「ウチ、実家がお寺なんで」と云い添えると、誠は大きくうなずいた。

「チベットやネパールで行われる鳥葬は、魂が抜け出た遺体を天に送り届けることが目的なので、鳥に食べさせるのはその手段に過ぎない。根底にあるのは、生きている間に多くの生命を奪いそれを食べてきた人間が、せめて死後の魂が抜けた肉体を他の生命のために布施《ふせ》しようという思想だね。腐肉食動物は遺体の分解に関与することにより生態系の重要な役割を担ってる。彼らの働きがあって初めて、動物を構成している有機物質は分子分解され、環境に還元されて食物連鎖が機能するんだ」

生きとし生けるものは、他の生き物に食べられることで肉体が巡るってことかな。そこには、どこかの一族のような『自分たちは特別なのだ』という傲慢さは無い。

誠が「あ、そうそう」と、思い出したように加える。

「さっき『日本人には馴染みが無い』と云ってたけど、日本で鳥葬を行うと罰せられるよ。刑法一九〇条の死体損壊・遺棄罪に該当するからね」

おどけるように肩をすくめる誠を見て、浅倉は晴れやかにうなずいた。そんな部下の肩を森下が笑顔でポンと叩く。浅倉警部の表情が変わったな。何はともあれ良かった。

誠は、リビングルームにいる関係者全員をゆっくりと見回し、「さて、皆さん！」と声を張った。

「ここまで説明したように、碇矢家のヘリコプターが上空五百ｍで衝突した黒い影は、奥多摩に生息するイヌワシだ。この事実は加州失踪事件において大きな意味を持つ。今まで碇矢家の皆さんは、へリが、自らの意思で大空を飛んでいた加州と衝突したと信じていたはずだよね。でも実際はそうじゃない。ヘリの衝突と加州の死はまったく別物なんだ。そうすると事件の構図と時間に関する認識が根本的に変わる。――つまり、加州が奥多摩で落下したのはヘリの衝突事故より前だってことだよ！」

なるほど。誠の推理が正しければ、加州が奥多摩上空から落下したのは、おそらく二十一日の夜から二十二日の夜明けまでの間だろう。そしてその日の夕方に、加州の遺体をついばんだイヌワシがヘリと衝突した。

「――それじゃ、いよいよ本題だ！」

いよいよ謎解きは佳境を迎える。

「加州はどうやって奥多摩の上空から落とされたのか？　現場の状況を踏まえると、犯行に利用されたのは、碇矢家が所有するヘリコプター以外には考えられない。そして、数百ｍの上空から加州を落下させた真犯人は今、この屋敷の中にいる！」

「いったい誰なんだ、それは？」

誠の熱弁に身を乗り出す宇賀神本部長。

碇矢家の一族がそれぞれ顔を見合わせる。小暮寛治、蒼井美樹、箕輪奏多、馬場恭太郎、そして神奈川県警の刑事たちが固唾《かたず》を呑んで、メイド探偵の言葉を待った。

誠が右手の人差指を突き出し、ある人物を指す。

「碇矢家の当主、加州を天空から暗闇の底へと突き落とした、この屋敷に棲む魔物はあんただ！」

第5章 メイドが謎を解く

ねえ、誠。ちょっと待ってよ。

そうじゃないでしょ？　その推理は間違ってるよ。その人にはヘリコプターは操縦できないってば。

お願い、よく考えて。今ならまだ間に合うから。

誰だってミスをすることはあるよ。大事なのは勇気を持ってその間違いを訂正することだと思うんだ。

（ごちゃごちゃうるさいな）

でもさ、少しばかり疑わしいからって真犯人だと決めつけるのは良くないよ。

（これが真理だ。俺のロジックに穴は無い）

そんな――。

冗談じゃないわよ、安奈ちゃんが犯人だなんて！

誠の人差指は碇矢家の令嬢に向けられていた。指名された本人は、呆然としてこっちを見つめている。いきなりそんなことを云われたら、そりゃ驚くよね。

碇矢家の人々も驚きを隠せない様子だ。皆、息を呑んで事態を見守っていた。

宇賀神本部長が誠の推理に疑問を投げかける。

「和久井さん。君はさっき、加州殺害には碇矢家所有のヘリコプターが使用されたと云った。だが、碇矢邸の住人でヘリの免許を持っているのは、副社長の洋一郎さんと社長秘書の楼葉さんだけだ。そもそも十六才の安奈さんは免許そのものを持つことができないじゃないか？」

誠は小さくうなずいた。

「確かに、自家用ヘリコプターの免許は十七才にならないと取得できない。だけど、免許を取るための訓練は前年の十六才から受けることができるんだよ。この屋敷でヘリの操縦ができる二人は多忙だから、おそらく自分専用の操縦士を望んだ加州の指示を受けて免許の取得を目指してたんだろうね。一般に高所が苦手なパイロットは珍しくないけど、当主である加州の指示とは云え、恐怖に耐えながら歯を食いしばって訓練に励んだに違いない。安奈はすでにそれなりの操縦技術を持っているはずだ」

「なんでそう断言できる？」

頑張れ、宇賀神さん！　誠の推理が間違ってることを証明して！

「安奈は『オートローテーション』の仕組みを正確に理解していたからね。これは、ヘリコプターのエンジンが停止したとき機体を安全に着陸させるために、エンジンとローターを切り離し、機体が降下する時に発生する下から上への空気の流れを利用してメインローターを回転させて、揚力《ようりょく》を得る飛行方法だ。ヘリコプターの操縦には必須の技術だから、操縦士になろうとする者は例外なくトレーニングを受ける。実際に体験しないと身につかないものなんだよ。いわゆる半可通《はんかつう》の愛好家やファンは、現象は知っていても原理までは知る術を持たない」

「なるほど」

　こら、宇賀神。納得すんな！

　誠は淡々と説明を続ける。

「もちろん、免許を持っていない安奈は法令上ヘリを操縦してはならない。だけど、殺人行為そのものがすでに法に反してるんだ。加州を運ぶためにヘリを操縦することが違法であっても、当人にとってそれは大した問題じゃない」

　ふん。それが何だって云うの？　安奈以外にもヘリを操縦できる人がいるかもしんないじゃん。勝手に決め打ちしないでよね！

（少しは黙って俺の話を聴け）

　黙ってらんないわよ、十六才の少女の人生がかかってんだから！　だいたい安奈は昨日母親を亡くしたばかりでまだ心の傷が癒《い》えてないのよ。少しは配慮しなさいよ！

　県警トップが誠に向かって声を張る。

「動機は何だ？　なぜ安奈さんは加州を殺害しなければならなかったのか？」

　そうだそうだ。安奈には父親を殺害する理由がないぞ。

　誠は宇賀神を小さく右手で制した。

「それにはまず、母親である雪奈が大階段で瀕死の重傷を負ったところから説明しなければならない」

「雪奈さんの事故が加州さまの事件に関わってるって云うの？」

彩葉の問いに、誠は大きくうなずいた。

「あの日、大声で『やめてーっ！』と叫んだ雪奈は、泣きながら廊下を一目散に進み、大階段から転落した。皆さんご存知の通り、それは深夜に起こった」

今でも雪奈の、あの叫び声が私の耳に残っている。

「大声で叫んだあと二階の廊下を駆けたことから、雪奈は同じフロアのどこかで何かを目撃してパニックに陥ったと推察される。その場合、顔に大きなアザを持つ彼女がノーメイクで入っていけるのは娘の部屋以外に考えられない」

確かにあの夜、雪奈はノーメイクだった。碇矢家の人々は全員、彼女のアザを目にしたはずだ。

「雪奈がパニックになるほどショックを受ける状況は限定される。忘れてならないのは、彼女にとっては娘の安奈がすべてだということだ。最愛の娘が誰かに襲われるとか脅迫されるとか何らかの取引を強《し》いられるとか、そういったケースだよ。つまり、そこには安奈の他にもう一人、別の人物がいたということさ」

「君は、その人物が、自分の存在に気づいた雪奈さんを階段から突き落としたと云いたいのか？」

宇賀神が色めき立つ。

「いや。雪奈が大階段で宙を舞った時、このアイドル顔負けの可愛いメイドは、二階に誰もいなかったことを確認している。深夜の時間帯だから、そもそも階段の下に人がいることを想定して姿を隠したとも思えない」

「じゃあ、安奈さんの部屋にいたもう一人の人物は誰なの？」

首をひねる彩葉。いったい誰なんだろう。あんな夜中に、雪奈以外の人物が安奈の部屋を訪れるとは思えないけど。

　誠がさらりと告げる。

「それは加州だ」

「え？　加州さまが深夜にお嬢さまの部屋に？」

　口を開いたまま立ちあがった楼葉に、誠がジェスチャーで着席を促す。

「思い出してほしい。雪奈が大階段から転落した時、二階にいた住人たちは全員がほぼ同じタイミングで階段の上に集まってきた。そして、少し遅れてやってきたのが安奈だ」

　そうだ。間違いない。

「二階で寝ている住人は全員、雪奈の叫び声と、絹を裂くような悲鳴を聞いて目を覚ましたに違いない。でも三階の一番奥の部屋で寝ている加州の耳にその声が届くだろうか。しかも、加州は片足が不自由だから、いつも一階で待機しているエレベータが三階に上がってくる時間まで考慮すると、とても他の住人と同じタイミングで顔を見せることはできないはずだ。つまりその時加州も、あんたたちと同じく二階にいたんだよ」

　洋一郎が疑問を口にする。

「だったら、加州さまと雪奈さんが、雪奈さんの部屋で云い争いになったとも考えられるんじゃないかな」

「それは無いよ。何度も云うけど、大階段から転落した雪奈はノーメイクだったんだ。彼女の左頬に残る青アザをあんたも見ただろう？」

「確かにそうだが——」

「解った！　あれって前のご主人に暴力を振るわれた痕じゃないかしら」

彩葉が洋一郎の言葉を遮《さえぎ》るように口をはさんだ。安奈から直接ＤＶの話を聴いた私はその事実を知っている。

だが誠は首を大きく左右に振った。

「雪奈は顔のアザを隠すため、人前はもちろん、夫である加州の前でも必ずメイクをしていた。そのことを理由に離縁されないよう細心の注意を払っていたんだろうね。でも、殴られた時にできるアザは打撲創《だぼくそう》だから、皮下出血による紫斑《しはん》は長くても一ヶ月あれば自然に消えてしまう。仮に雪奈が十五年以上前に別れたダンナからＤＶを受けていたとしても、そのアザが今も消えないで残ってるはずがない。たぶん、雪奈の左頬に発症した青アザは遅発性太田母斑《ちはっせいおおたぼはん》だろう」

太田母斑？　何それ？

「これは、赤ちゃんのお尻にできる蒙古斑《もうこはん》と違い、大人になってからできるアザのことだ。思春期以降の女性が、妊娠や出産などホルモンバランスが大きく変化する時期に、主として顔の片側に発症する例が数多く報告されている。俗説によれば、この病気にかかるのは美人に多いとか」

すべて雪奈に当てはまる。安奈が生まれてすぐに離婚したのであれば、妊娠や出産を機に症状が表れたのかもしれない。

「思うに、ダンナに殴られてアザができたのではなく、病気で青アザができたことによってＤＶが始まったんじゃないかな。どっちにしても、その元ダンナはクソ野郎だけどね」

離婚経験を持つシェフが苦笑いを浮かべる。でも誠、あんたの意見には強く同意するけど、お願いだから言葉遣いには気をつけてよね。

「遅発性太田母斑は、今の医療技術ならレーザーで跡形も無く消去できる。しかも、そばかす治療と違ってその後の治療も必要ない」

　そばかす顔の先輩メイドがこっちを強くにらむ。視界の隅で、安奈の眉がピクリと動いたような気がした。

「でも雪奈は医師に相談しなかった。どういうルートでアザの存在が碇矢家の人々や加州の耳に入るか判んないからね。彼女にとって左頬の青アザは、娘の安奈と一緒にこの碇矢邸に留まるために誰にも知られてはならない秘密だったんだ」

　彩葉も楼葉も無言で誠の説明を聴いていた。女性にとって身を切られるような話であることは間違いない。

「そんな雪奈がメイクをしないで自ら加州の前に立つなんてあり得ないよ。だから、彼女の部屋で夫婦が云い争っていたとは到底考えられない」

　確かに。

「それに、もし雪奈の部屋で夫婦喧嘩をして廊下に出たのなら、彼女はまず、隣にある娘の部屋に向かうはずだ。碇矢邸の部屋のドアはすべて廊下から見て右開きだから、もし邸内でパニックを起こして頭が真っ白になったら、その人物は間違いなく右方向へと飛び出す。あの夜、雪奈が大階段の方へと向かったのは、彼女が叫び声を上げた場所が安奈の部屋だったからに他ならない」

「加州さまはどうしてそんな時間に安奈さんの部屋にいたのかしら」

　彩葉が首を傾げる。誠は再び大きくうなずいた。

「重要なポイントだね。雪奈はなぜ大声で叫び、安奈の部屋から泣きながら飛び出したのか？　――

それは、夫である加州と娘の安奈がベッドをともにしているところを目撃してしまったからだ。とっさに『やめてーっ！』と叫んで部屋を飛び出した母親を、安奈だってすぐに追いかけたかったに違いない。でもできなかった」

「なぜだ？」

宇賀神が問う。

「安奈がその時全裸だったからだよ」

誰かから「うっ」という声が漏れたが、意見を述べる者はいなかった。ずっと無言を貫いている令嬢以外は、誰もがキツネにつままれたような表情をしている。

「そこに至る経緯を、安奈の立場になって考えてみよう」

そうだよ、誠。納得できるように説明してよね。

「安奈は連れ子だ。加州の実子じゃない。そして加州は安奈を養子縁組しなかった。当時、安奈は十五才に満たなかったはずだから、法定代理人である雪奈がこれを拒否したからに違いない。おそらく碇矢家の人々に、財産目当てで加州と結婚する訳ではないと意思表明したんだろう。雪奈は毎晩のように睡眠薬を服用していたらしいから、かなりのストレスを感じていたはずだ。一族の皆さんが雪奈にどんなプレッシャーをかけたのか、ここでは訊かないよ。もしかするとそれが、一族が課した再婚の条件だったのかもしれないね。いずれにしても、加州の実子でも養子でもない安奈には民法上の相続権が生じない」

へえ、そうなんだ。

「安奈がどういう感情を抱いていたかは判らない。でも前後の事実関係から推察すると、彼女はその扱いに納得していなかったと云わざるを得ない」

安奈が碇矢家の財産欲しさに当主の加州を殺害したってこと？　でも彼女には相続権が無いんだよね？　どうもしっくり来ない。

「自分は碇矢家の養子にはしてもらえない。だから、確実に碇矢家の財産を手にするためには、自分が加州の子どもを産む以外に方法がないと安奈は考えた。綿密な計画を立て、加州を自分の部屋に誘うところまでは良かったが、胸騒ぎがしたのか、娘の部屋を訪れた雪奈はそのシーンを目撃してしまった」

ホントに？　安奈がそんな大胆なことを考えるなんて信じられない。

誠が吹き抜けの高い天井を見上げる。

「雪奈がショックを受けたのは、単に加州と安奈が同じベッドで寝ていたからじゃない。娘の方から義父を誘惑したことが判ったからなんだ！」

そうか。あの時見た雪奈の涙の意味がようやく解った。

すぐそのあとで加州は他の住人と同じタイミングで姿を見せてるから、全裸だったのは安奈だけだったってことか。つまり、全裸の安奈が義父をベッドに誘う瞬間を、雪奈は目撃したんだ。

「『やめてーっ！』と大声で叫んだ雪奈は、云い訳しようとする安奈に背を向け、部屋を飛び出す。あふれる涙で視界が利かなくなっていたんだろう。バランスを失って足を踏み外し、そのまま大階段から転落した雪奈は、頭蓋骨が陥没するほど後頭部を強く打ちつけ、意識不明の重体となった」

安奈は少し顔をゆがめただけで、何も語らない。誠の推理によれば、雪奈が部屋を飛び出したあと、急いで下着とパジャマを身に着けた安奈は、わざわざバスルームで髪を濡らして大階段に現れたってことか。

その時、森下刑事部長が「うーん」とひと声うなって、誠の話を遮った。

「和久井さん、ちょっと待ってくれ。――浅倉！　安奈さんは本当に養子縁組されていなかったのか？」

「すみません。そこまでは確認しておりません」

浅倉警部は悔しげに頭を下げた。森下が「くっ」と漏らして誠に向き直る。

「養子縁組されていると勝手に思い込んでいただけか。――だが、彼女は二年前からずっと碇矢姓を名乗っていたはずだ」

「養子縁組はしないけど、再婚した母親と同じ苗字《みょうじ》を名乗りたいという子どももだっているだろ？　民法七九一条一項は、家庭裁判所に申立てをして許可を得れば同じ姓を名乗ることができると規定している。つまり、養子じゃなくても同じ姓を名乗ることはできるんだ。もちろんその場合でも、加州と安奈の間に法律上の親子関係は無いけどね」

誠の説明に「ふむ」とうなずいた森下が問う。

「ところで和久井さん。あなたはいったい誰から、安奈さんが養子縁組されていないという事実を聴いたんだね？」

「誰からも聴いてないよ。おととい警察から正式に加州の死が伝えられても、碇矢家の皆さんは、よそ者である安奈が遺産相続することをまったく警戒していなかった。これは一族全員が、安奈には民法上の相続権が無いことを知っているからと考えるのが自然だ。さらに決定的なのは、安奈が加州を誘惑したことだよ。もし安奈が養子であり相続権を持っているのなら、そもそも加州の子を産む必要なんて無いからね。ご存知の通り当主にはもう実子はいないんだから、何もしなくてもいずれは全財産を手にすることになるはずだ」

なるほど。確かに筋が通ってる。三重螺旋構造のＤＮＡを持つ男の推理は非の打ちどころがないように思われた。

でも安奈ちゃん。

あなた、お金持ちになった今より、貧乏でもお母さんと二人で暮らしてた頃の方が楽しかったって云ってたじゃない？　それなのにどうして――。

＊

「和久井さん。君は安奈さんが加州を殺害したと云うが、碇矢家の人々への聞き込みによれば、義理の父親と云えども二人の仲の良さは誰もが認めるところだったし、私の目にも彼女は加州を慕っているように見えた。それに、あの、行方不明になった加州の捜索を涙ながらに訴える姿が演技だったとは思えない」

宇賀神本部長はそう云って誠を見据えた。私も同感だ。誠、あんただってあの時の安奈ちゃんの涙を見てたでしょうが。

「そりゃそうだよ。あの涙は本物だからね。一刻でも早く加州を見つけてほしかったのは間違いない。――安奈は賢い子だ。だから、階段から転落し意識不明になった雪奈を病院で見守っているうちに、自分が置かれている立場を再認識した」

「どういう意味？」

彩葉が訊ねる。

「もしこのまま雪奈が死ねば、いつか加州が亡くなった時、実子でも養子でもない自分が碇矢家の遺産を相続することは無い。さらに、ずっと加州の身の回りを世話してる社長秘書を差し置いて、自分が特別縁故者として認められる可能性はほぼ無い。だけど、もし雪奈が生きている間に加州が死ねば、碇矢家の財産はいったん、妻である雪奈が相続し、そのあとで雪奈が死ねば、実の娘である自分がそのまま相続することになる。そのことに安奈は気づいたんだ」

そうか。大事なのは死亡する順番なんだ。安奈が頭の中で描いたのは、加州が先に死んで雪奈があとを追うシナリオだったのか。

彩葉が仰天して叫ぶ。

「ホントなの、和久井さん？　知らなかった。安奈さんにも遺産を相続する可能性があったなんて！」

誠は彩葉の問いかけに応じることなく、安奈に歩み寄る。

「そうだろ、安奈さん？　母親が加州と再婚したことにより、あんたの人生は大きく変わった。それまでの貧乏暮らしに別れを告げ、明るい未来が待っているはずだった。でもあんたはそれに満足せず、碇矢家の財産をすべて自分のものにしたいと考えた。太陽に近づこうとするイカロスのように傲慢になったんだ。そんな時、あんたにとっては不測の事態だろうけど、母親の雪奈が瀕死の重傷を負ってしまった。雪奈が死んだら、養子縁組されていない自分は碇矢家と縁が切れてしまい、この屋敷から追い出される」

それで安奈は必死に知恵を絞ったのね。

加州の娘、栗栖は幼くして亡くなり、息子の夏威児はロスで事故死している。加州の両親も姉の胡桃もすでに他界し、他に兄弟はいない。だから、もし妻の雪奈がまだ生きているうちに加州が死ねば、財産はすべて雪奈が相続し、いずれ自分が受け継ぐことになるんだ。

「そのために加州さまを？」

楼葉が小刻みに震えながら強くかぶりを振る。ここまで誠の話を聴いても、安奈は微動だにしなかった。碇矢一族の、刺すような視線をどう受け止めているのか。

誠がリビングルーム全体を見渡す。

「雪奈は意識不明の重体だ。だから、急いで加州を殺害しなければならない。十一月二十一日に相模原総合病院から帰った自分が疲労困憊《こんぱい》してそのまま床に就いたことは、最近この屋敷にやってきた可愛いメイドが証言してくれる」

まだ云うか、こいつ。

「殺害後すぐに加州の遺体が発見されなければならないし、自分が犯人であることが露見してもいけない。深夜に加州の部屋を訪ねた安奈は、雪奈が常用していた睡眠薬を言葉巧みに飲ませ、当主を眠らせた。東側の窓を全開にして、その下に革靴をそろえて置く。入院中の妻に会うために加州がここから大空へと飛び立ったように見せかけるためだ。そして四十五ℓ用のポリ袋に衣類だけを目一杯入れ、開いた窓から投げ落とす。ポリ袋に詰めて落下させる必要があったから、割れ物や電子機器をいっさい入れなかったんだ。次にクロゼットの中から、かさ張るコートとスーツの上着を引っ張り出し、別のポリ袋に入れてこれも窓から投げ落とした」

キッチンから消えたゴミ捨て用のポリ袋はここで使われたのか。

「スーツのスラックスやワイシャツを着せたあと、小柄な加州を折りたたみ、愛用している大型スーツケースの中に詰めこむ。それから、キャスターを使ってスーツケースを廊下に運び出し、部屋の鍵を掛けた」

三階には加州の部屋しかないから、廊下で誰かと遭遇することは無い。

「エレベータで一階まで降りて、調理室の勝手口からスーツケースを外に出す。勝手口の鍵はそのままで構わない。加州を殺害したあと、同じルートで屋敷に戻ってきた時、自分で内側から鍵を掛ければいいんだからね。そして、屋敷の西側に駐車してあるゴルフカートにスーツケースを乗せると、窓の下に落とした二つのポリ袋を回収し、ひと山越えたところにあるヘリポートを目指した」

エンジンが無い電動カートだから、夜中でも静かに走れるってことね。

「ヘリポートに着いたら、スーツケースの中から加州を引きずり出し、窓の下で拾ったポリ袋の中の衣類をそこに詰めて鍵を掛ける。このスーツケースは、安奈がすべての処理を完了し再び電動カートで屋敷に戻ってきた時、窓の下の庭で横倒しにされることになる。実際に窓から投げ落とされたものではないから、スーツケースには大きなキズやへこみが無かったんだ。もうひとつのポリ袋に入っているスーツの上着と革のコートを加州に着せた安奈は、部屋の鍵とスーツケースの鍵を、財布やスマホと一緒にスーツのポケットに入れた」

なるほど。そうやって、加州が東側の窓から大空に飛び出した直後に、衣類一式が入ったスーツケースが重すぎてその場に落としてしまったかのように見せかけたんだ。

「ひと晩のうちに遠方で遺体が見つかれば、加州が自ら空を飛んだという設定に警察が納得しなくても、容疑はヘリコプターの免許を持っている洋一郎か楼葉に向けられる。そう考えた安奈は、できるだけ早く遺体を見つけてもらえるよう、鈴葉が静養している軽井沢の碇矢家別荘地に加州を墜落させることにした。機内に髪の毛や指紋を残さないため、そして操縦席から離れることなく落下させるため、ヘリコプター下部のスキッド部分にロープで加州の身体をくくりつけたんだ。そのロープを機内で切断することにより、上空から目的地に落下させようと考えたんだね」

ふうむ。大胆不敵としか云いようがない。

「ところが想定外のトラブルが起こる。軽井沢に向かう途中で、上空の冷たい強風と振動により加州が目を覚ましたんだ。驚いて暴れたためにロープが緩み、その結果、加州は奥多摩の山中に落下してしまった。安奈は、入院した母親を心配して二日ほど眠っていなかったから、集中力を欠きロープをしっかり縛らなかったのかもしれないね。眼下に広がる深い森を見て彼女は愕然《がくぜん》とする。着陸して加州の遺体を回収することなんてできそうにない。このままでは、雪奈が生きているうちに加州の遺体を見つけてもらうことは不可能と思われた。落胆して屋敷に戻った安奈はこの時、一度は遺産相続計画をあきらめたに違いない」

そりゃ誰だってギブアップするって。

「だが、『ヘリコプターと接触したのは加州だ』という鈴葉さんの証言が神奈川県警を動かし、鑑識チームと科捜研によって千載一遇のチャンスがもたらされる。衝突事故を起こしたヘリの機体に付着した血液のＤＮＡが加州のものと一致したからだ。安奈はすかさずこれに便乗し、碇矢家の人々とともに『パパを一刻も早く捜してほしい。パパは大きなケガをしてる。きっと奥多摩の近辺にいるはずだ』と涙ながらに警察をけしかけた。加州を救出するという大義名分を得た安奈は、すでに当主が死んでいることを知っていながら、碇矢家の血の結束を利用したんだよ。そして加州の遺体を警察が発見した翌日に雪奈は死亡。すべては安奈が書いたシナリオ通りになったという訳だ」

軽井沢に向かう途中で奥多摩の森に落ちた加州の遺体を、現地に生息するイヌワシがついばんだ。そう考えると、鈴葉を迎えに行った軽井沢からの帰路でヘリコプターがイヌワシと衝突したのは、あながち偶然とは云えないかもね。

でも——。

そもそも安奈のシナリオでは、加州は入院中の雪奈に会うために空へと飛び立ったはずだ。もしかすると安奈は、自由に空を飛べるようになった加州が傲慢になってどんどん高く遠く飛び、自分の別荘がある軽井沢に向かったという展開に、文字通り飛躍させたのかもしれない。結局、イカロスはどこまで行ってもイカロスってことか。

誠がまたゆっくりと時計回りに歩き始める。

「東京ドーム三十二個分もあるこの敷地は、外部からの侵入者に対しては厳重な態勢を敷いてるけど、塀の内側に設置された監視カメラは牧場や農園、ゴルフ場のクラブハウスなどに数台と、屋敷の玄関に設置された二台だけ。だから、ヘリコプターに乗ってヘリポートから上空へと飛翔すればいっさいカメラに映らない。もちろん安奈もそれを知っていたはずだ」

確かにそうだ。ここでは敷地上空への備えが無い。それは碇矢邸に住んでいれば誰だって判ることだ。

誠が、愁《うれ》いを帯びた眼差しを令嬢に向ける。

「安奈さん。あんた、ヘリの機体から加州のＤＮＡが検出されたと聞いた時、『神さまは私に微笑んだ』と思ったんじゃないか？　残念ながら、神や天使が犯罪者に微笑むことは無いよ。結局、このアイドル顔負けの可愛いメイドの推理によって、あんたは民法八九一条に規定された相続欠格事由に該当することになり、永遠に碇矢家の財産を手にすることは無くなった」

ついに誠は安奈に最後の審判を下《くだ》した。

それにしても——。

奥多摩でヘリコプターから落下した碇矢加州がイヌワシを経由して自分のＤＮＡを同じヘリの機体に残したのは、彼の執念としか云いようがない。

＊

「——和久井さん。ひとつ訊いてもいいかな？」

遠慮がちに訊ねる宇賀神に、誠は「何？」と無愛想に応じる。

「どうして安奈さんの犯行だと解ったのかね？」

「名探偵だから」

はい？　何トンチンカンなこと云ってんのよ、バカ！　やっぱ三重螺旋構造のＤＮＡを持つ男の思考は常人と違うのね。

「それは充分理解してるよ。私が教えてほしいのは、安奈さんの犯行だと見抜いた決め手が何だったのかということなんだ」

誠は「ああ、そういう意味ね。まずは——」と右手の人差指を立てる。

「ネクタイの結び方。なんて云うか、とにかく無茶苦茶だよ。あんなの初めて見た。どう考えても加州が自分で締めたものじゃない。男性はもちろん、夫を持つ女性、そしてメイドをはじめ、ひと通りの作法を習った人間ならネクタイくらい結べるはずだ。家人の中で正式なネクタイの結び方を知らないのは、高校生の安奈だけ。あんな斬新な結び方はヨシノ三姉妹だって思いつかないよ」

なるほど。それであの時、霊安室で私に血だらけのネクタイを解けって云ったのか。加州の遺体とは関係なく、ネクタイの結び目を見てたのね。

誠は「そして、二つめ——」とVサインを示した。

「コンタクトレンズのケース。もし加州が自分の意思でしばらく家を離れたのだとしたら、必ずケースを持って出るよね。また、洋一郎や楼葉は加州がコンタクトレンズを装着していることを知ってるから、もしこの二人のいずれかが犯人で加州が自ら失踪したように偽装するなら、やはりケースを持ち出すはずだ。でも実際にはケースは加州の部屋に残されていた。加州がコンタクトレンズを常時使用していたことを知らないのは、二年前からこの屋敷に住むようになった母と娘だけ。そのうち母親はこの時すでに瀕死の重傷を負って入院している」

確かに碇矢邸に居住する人たちは、使用人に至るまで、加州がコンタクトレンズを常用していることを知っていた。でも加州はなぜそれを妻と娘に隠していたんだろう。

誠が「三つめ——」と指を三本立てる。

「安奈本人の言葉だ。母親の意識が戻ったという連絡を受けて病院に駆けこんだ彼女はこう云った。『お母さん、頑張って！　もう少しの辛抱だからね』と」

確かに云ったけど、それが何なのよ。

「変じゃないか？　この時点では長期療養どころか脳死状態になる可能性だってあったんだからね。もう少し辛抱すると、何がどうなると云うのか？　だが、この屋敷で起こった出来事や安奈が置かれた立場に照らすと、この母娘が待っているものの正体が見えてくる。二人は加州の遺体が発見されるのを待っていたんだ。母親は生死の境をさまよいながらも愛娘の意図を読み取った」

そうか。あの時雪奈はベッドの上で、娘のために自分は加州よりも先に死んではならないと悟ったんだ。

「加州が自分たちを迎えに来るという幻覚は、雪奈が安奈に送ったサインだったのかもしれないね。その三日後、安奈から加州の遺体が発見されたことを知らされた雪奈は、安らかに微笑みながら息を引き取った。自らの使命を果たして力尽きたんだ」

私は知っている。遺産相続の件が無くても、雪奈はあの時、娘のために必死に生きようとしていた。それが限界に近づいた時に加州の死を知り、自分が死ぬことにより碇矢家の財産を安奈が相続することを理解したのだろう。そこで張りつめた糸が切れたってことか。想像を絶するような母娘の絆だけど、それが愛の力だと云うのなら、私も信じたい。

誠が話を進める。

「加州は、失踪の前夜『イカロスラリーの企画書に目を通すから、緊急の案件以外は明日にしてくれ』と云い残して自分の部屋に向かった。この状況では、よほどの重大事でなければ誰も三階に行くことはできない。当主である加州の云い付けだからね。でも、この指示を聞いていなかった人物が一人だけいる」

安奈か。

「加州はその日、深夜に自分の部屋を訪れた人物を室内に導いた。――なぜか？　それは、愛する妻の病状を詳しく聴きたかったからだよ。娘の口からね」

そうかもしれない。雪奈の容体に関する私の報告を聴いた加州が、あの時ダイニングルームにいた他の人物からそれ以上の情報を得ることはできない。だから当主が入室を許可するならばそれは安奈しかいない。

誠が安奈に向き直る。

「つまり、あの夜加州の部屋に入ることができたのは安奈さん、あんただけなんだよ。あんたが碇矢家の財産を独り占めにするために加州を殺害したんだ！」

誠に再び人差指を突きつけられた安奈は、弾かれるように立ちあがった。

「――そうじゃないんです、麻琴さん！　私はただ、あの子たちを守りたかっただけなんです！」

＊

「麻琴さん。やはり気づいてたんですね」

安奈が真っすぐな瞳で私を見つめる。正確に云うと、気づいたのは私じゃなくて誠なんだけどね。

令嬢は静かに語り始めた。

「お母さんが息を引き取ったあの日、私が『一緒に暮らしませんか？』と訊いたら、『ごめんなさい』って断られたでしょう？　あの時、私思ったんです。もしかするとこの人は私の犯行だと気づいたのかもしれないって」

お断りしたのはそういう意味じゃないのよ。すべては、誠のバカのせいなの。そう云い訳しようと思ったけど、今の私は声を発することができない。

安奈は、はるか遠くを見るように顔を上げた。

「今から百三十八億年前、宇宙にビッグバンが起こり、四十六億年前に地球が誕生しました。旧人類であるネアンデルタール人が現れたのは五十万年前、クロマニョン人と呼ばれる新人類が登場したのは、たった二十万年前です」

抑揚無く語る令嬢。まるで、気が遠くなるような長い歴史を何度も生まれ変わってその目で見てきたような、達観した表情だった。

「四十六億年の歴史の中の二十万年。人間は、地球が出来上がったあとで住み着いた生物に過ぎないのだとしたら、勝手に汚してはいけませんよね。私たちはこの瑠璃《るり》色の地球《ほし》を、美しいまま次世代の子どもたちにバトンタッチしていかなければならないんです」

碇矢家の一族に向き直った安奈が目を潤ませる。

「ペリー島に生息する蝶は固有種なので、『ラピュタ・アイランド』計画が実現すると間違いなく絶滅してしまいます。パパは一度決めたら必ず実行する人だから、私がいくら自然保護や地球環境の重要性を訴えても無駄だと思いました。だから、一時的にヤタガラスアゲハを別の場所に避難させ、いずれパパが亡くなったら、碇矢家の財産を使ってペリー島を自然に戻し、またあの子たちが住めるような美しい島にしたいと考えたんです」

――ヤタガラスアゲハ？

ああ。初めてこの屋敷に来た時に安奈の部屋で見た、あの黒い蝶々か。

そうか。高校では生物部に籍を置いてるって云ってたから、その珍しいアゲハ蝶をどうしても守りたかったのね。

やっぱり安奈ちゃん、碇矢家の遺産が欲しかった訳じゃないんだ。碇矢一族がその莫大な財産を自由に使えないようにして、彼らの開発行為、いや自然破壊を止めたいという思いが心のどこかにあったのね、きっと。

「法律的な親子関係の無い私が一人の女としてパパの子どもを産み、その子に財産を相続させる計画は、あっけなく拒絶されてしまいました。パパはお母さんのことを愛していたんです。その直後にお母さんは大階段から転落し、瀕死の重傷を負ってしまった。生死の境をさまよっているお母さんを見て、私は覚悟を決めたんです。失われつつある自然を守るためには、お母さんよりも先にパパに死んでもらって、碇矢家の財産をいったんお母さんに相続させるしかないと。そのお金を使ってこれまでに破壊された自然を取り戻すしかないと」

そもそもの動機はともかく、安奈が碇矢家の財産を相続するために加州を殺害したという誠の推理は正しかったってことか。

安奈は少しだけ晴れやかな表情になっていた。

「子どもの頃からずっと貧乏だったので、毎年クリスマスを迎えるたびに、私がサンタクロースになって、女手ひとつで私を育ててくれたお母さんに何かプレゼントをしたいと思ってました」

あのモンブランもそういう意味だったのかな。

「お母さんはいつも口ぐせのように『安奈、ごめんね。お前は幸せになるんだよ』と云ってました。もしかするとお母さんは、私にひもじい思いをさせたくなくて、私を幸せにするために、パパと再婚したのかもしれません。でも、私にとっての幸せは、自然に囲まれた場所でお母さんと一緒に暮らすこと――」

まるで母親に語りかけているようだ。

「私、この屋敷に来てから今まで、ずっと信じていたんです。お金がたくさんあれば多くの自然を残すことができると。ペリー島もヤタガラスアゲハも守ることができると。だからパパの子どもを産み、碇矢家の財産を使って神奈川の自然を守ろうと考えました。——でもそれは間違ってた。お金の力で実現できることなんて高《たか》が知れてる。ヒトはたった五十円でも幸せを感じることができるのだから」

安奈は潤んだ瞳で私を見つめた。五年前の五十円玉が彼女に幸せを届けていたことを知って胸が熱くなる。

「麻琴さんの云う通り、パパをヘリコプターから落下させたのは私です。そしてお母さんは私のせいで大階段から転落して死んでしまった。云い逃れをするつもりはありませんが、今は心から後悔しています。私が、私が余計なことを考えたりしなければ、お母さんとパパは今でも仲良く暮らしていたはずなのに——」

安奈の目から、見る見る涙があふれた。今思えば、母親が重傷を負ってパニックになり、彼女には他の選択肢を検討する精神的余裕が無かったのかもしれないな。どうにもやりきれない。

誠が「ひとつ伝えておきたいことがある」と安奈に語りかける。

「加州の遺体が上半身と下半身に破断されていたという事実は、頭からでも足からでもなく、水平に落下して鋭利な岩に激突したことを示している。つまりあの夜、奥多摩の上空で目を覚ましてヘリコプターから落下した加州は、両手両足でバランスをとりながらフラットな状態を保ち、地上に到達するまでの五、六秒の間、空を飛んでいたと考えられる」

え？　ちょっと誠、何云ってんの？

碇矢家の人々にとっても青天の霹靂《へきれき》だろう。誰もが目を見開いたまま固まっていた。誠は言葉を選びながら続ける。

「もちろん実際には落下していただけかもしれないけど、睡眠薬の影響で朦朧《もうろう》とした加州の感覚としてはおそらく大空を飛んでいたんだよ」

楼葉は目にうっすらと涙を浮かべて「加州さまが空を——」と復唱した。

「そう。たった数秒間だけど、加州はその時、自分の力で大空を飛ぶという夢を叶えたんだ。もしかすると、碇矢家の当主はその瞬間、安奈さん、あんたに感謝していたかもしれないね」

碇矢家の住人たちは一斉に安奈を見つめた。楼葉が一歩前に出る。

「私もそう思う。加州さまは、亡くなる前のほんの数秒の間、あのイカロスのように確かに大空を飛んだのよ。きっと幸せな最期だったに違いない」

社長秘書は、大粒の涙をこぼす安奈の手をとった。

「私たちは長い間そばにいながら、誰一人として加州さまの夢を叶えることができなかった。——いえ。いつもその恩恵にあずかるだけで、そんなこと考えもしなかった。それをお嬢さまは実現したんですね」

大きくうなずいた誠が楼葉の言葉を引き取る。

「殺人行為は決して許されることじゃないけど、この安奈さんが、ほんの五、六秒とは云え、五十年追い求めていた景色を加州に見せたのは間違いない。彼は人生最後の数秒間、イカロスのように大空を飛ぶという夢を叶え、自然へと帰っていったんだ。加州がこれ以上環境破壊を行わないよう、この地球《ほし》の『自己調節システム』が働いたのかもしれないね」

加州が環境破壊を行わないように、か。

私はその時、神奈川の海や山、湖を守ってほしいという胡桃の言葉を思い出していた。初めて会ったあの日、彼女は「もしこの先、加州が暴走して自然環境を破壊し、世間さまに迷惑をかけるようなことがあれば、何とかして阻止してほしいの！　碇矢家の汚れた血はどこかで止めなければならないのよ！」と私に訴えた。

そもそも今回の事件は本当に安奈本人の意思に基づくものだったのか。彼女も胡桃から何かを吹き込まれたという可能性はないのだろうか。もしかすると安奈も私も、胡桃が書いたシナリオ通りに演じていただけだったのかもしれない。

「結局、この事件では、安奈さんが加州をヘリで軽井沢に運ぶ途中、奥多摩の山中で落下させてしまったことが痛恨のミスだったたってことかな」

宇賀神の独り言に誠が反応する。

「結果的にはね。でも、安奈が犯した最大のミスは鍵だよ」

「カギ？」

「そう。加州の部屋の鍵だ」

「どういう意味だい？」

宇賀神は小首を傾げた。

「百歩譲って、加州が自分の意思で東の窓から鳥のように飛び立ったとする。その場合、なぜ部屋の鍵を持っていく必要がある？　雪奈に会いに行くにしろ大空を自由に舞うにしろ、いずれまた同じ窓に戻ってくるんだから、部屋の鍵を持ち出す必要なんてどこにも無い。そのまま書斎のデスクの上にでも置いておくはずだよね？」

「ふむ。確かに」

「無理やり密室っぽい状況を作り出して、唯一開かれた東の窓から加州が飛び立ったように見せかけたところに違和感を覚えたんだ。だから、遺体が身に着けていたスーツのポケットから部屋の鍵が発見された時、加州は窓からではなく、鍵とともに部屋のドアから連れ出されたんじゃないかと疑った」

へえ。こいつ、そんなこと考えてたのか。

宇賀神と誠の会話を、吹っ切れた表情で聴いていた安奈が、おもむろに碇矢家の人たちに向き直る。

「皆さま、大変ご迷惑をお掛けしました。私は碇矢家を離れ、きちんと裁きを受けてこの罪を償います。皆さまにはもうお会いすることはないでしょうが、今までお世話になりました」

一人一人に深々と頭を下げる元令嬢。

碇矢家の人々は何も語らなかった。安奈が結果的に、大空を飛びたいという加州の夢を実現させたことが判ったせいか、誰も彼女を責めることなく、それぞれが困惑の表情を浮かべている。ひとつだけ云えるとすれば、自然環境を無視してペリー島の開発計画を立てたりしなければ、加州が命を落とすことは無かったということだ。

安奈ちゃん、私はあなたが心やさしい少女であることを知っている。罪を償ったら必ず訪ねてきてね。私、ずっと待ってるから。

安奈が相模湖署の若い刑事に連行されていく。若きサンタクロースは、聖夜に白と黒のツートンカラーのトナカイに乗って碇矢邸から去っていった。

＊

「犯人が判ったからと云って、加州さまは戻ってこない。碇矢家は加州さまという大黒柱を失った。跡継ぎもいない。碇矢家はこれからどうなるんだ？　このまますべての資産は国庫に入ってしまうのか？」

洋一郎が一族の面々に問いかける。彼らが何よりも重視し、その拠り所としていた『碇矢家の血』は途絶えた。おごれる人も久しからず、ただ春の夜の夢のごとし。

「――いいえ！」

呉田彩葉が立ちあがって声を張る。

「さっきこのメイドが云った『特別縁故者』の手続きを家庭裁判所に申請するわ。それゆえ、加州さま亡きあとの碇矢家はこの楼葉が継承します。娘はこれまで社長秘書として、公私にわたって加州さまのお世話をしてきたんですから」

周囲をにらみつけるドヤ顔が、皆さん異議はありませんね、と語っているようだ。確かにこの場合、特別縁故者として裁判所が認定しそうなのは楼葉以外にいないように思われた。

「そりゃ無理だよ」

誠だ。この男は、場の空気を読むということを知らない。自分が正しいと思ったことがすべてなのだ。この、彩葉の刺すような視線だって露《つゆ》ほども感じていない。

「なんで？　裁判所が認めないって云いたいの？　この子はね、碇矢家の直系の跡継ぎ、夏威児さまの婚約者だったのよ。当主である加州さまがお認めになったの。だから、加州さまも夏威児さまも亡くなられた今、当主のご遺志に従い、この楼葉が代襲《だいしゅう》するのが筋ってもんでしょうが！」

「合理的じゃないね」

熱弁を振るう彩葉に、冷めた視線を送る誠。相手の話にまったく興味が無い時の態度だ。当然、相手はヒートアップする。

「この子の名前『楼葉』は、いずれ夏威児さまと結婚させるために当主の加州さまが名付けたもので、ローハッセン、つまりピーナッツを示しているのよ！　碇矢一族においてナッツの称号を名乗ることがどういうことか、よそ者のあなたには理解できないでしょうけどね。この、楼葉という名前ゆえ、この子には碇矢家を継ぐ資格があるってことなの！」

「無いよ」

誠はまたしても、つまらなそうに返した。

あんた、もう少しちゃんと会話しなさいよ。

(嫌だよ。だってこのおばさん、云ってることが無茶苦茶なんだぜ。ただのゴリ押しウンコヘアばばあだよ)

そうやって女性のヘアスタイルをディスるのはやめなさい。ティンカー・ベルみたいで素敵じゃないの。少しは相手をリスペクトしなさいよ。

(はん！　やなこった)

やっぱ無理か。こういうところはホントに頑固だな。

誠が彩葉に強い眼差しを向ける。

「いいか？　ナッツっていうのは、木の実を指す言葉だ。クルミ、カシューナッツ、栗、マカダミアナッツ、アーモンド、ピスタチオ、ヘーゼルナッツ、みんなそうだ。でも、ピーナッツは違う」

「何が違うのよ？」

「土の中に実をつけるピーナッツは、そもそもナッツには分類されない。南京豆《なんきんまめ》って云うだろ？　豆なんだよ。残念だったね」

誠、もうちょっとやさしく云えないの？　そんな云い方したら、相手を怒らせるだけだよ。ほら。彩葉さん、もう顔真っ赤だし。

「何云ってんのよ！　ピーナッツもナッツよ。名前が象徴してるわ」

「はい？　ナッツという言葉が付いていれば『ナッツ』だと云うなら、ドーナッツも『ナッツ』か？　違うだろ？」

「そ、それは――」

彩葉が口ごもって、下を向く。ＩＱ百八十を超える誠に、知識や理屈じゃ勝てないだろうな。

「せっかくだから、いいこと教えてあげるよ。いわゆるドーナッツはリング状の形をしてるけど、生地を型抜きして作る時に、真ん中の穴を抜いた残りの部分も一緒に揚げることがあるだろ？　十八世紀初頭のアメリカでは、外側の輪を『ドーリング』、真ん中の小さな球状のものを『ドーナッツ』と呼んで、それぞれ、リングの形、ナッツの形に見立てたんだよ。それが時代とともに、形にかかわらず『ドーナッツ』という名称に統一されて現在に至ってる訳。ピーナッツも同じ。ナッツのような豆なんだよ」

へえ。そんなことまで知ってんだ。すごいね。

（こういうのを豆知識って云うんだぜ）

あのう。おもしろくないんですけど。

（…………）

彩葉が再び顔を上げる。

「そんなことはどうでもいいのよ！　私はね、楼葉以外に碇矢家の財産を継ぐ人間はいないって云ってんの！」

彩葉の勢いは止まらない。本性剝《む》き出しだ。怖いくらい。

でも誠は動じなかった。

「民法九五八条の三に規定される特別縁故者として申請できるのは、正統な相続人が存在しない場合に限られる」

「何云ってんのよ！　そもそも相続人が一人もいなくなったから、こういう話をしてるんじゃない！」

彩葉は頭から湯気が出そうなくらい怒ってる。何だか話が地味にぐるぐる回ってるような気がするんだけど。

その時――。

突然、誠が「いや、いる！」と叫んで右手の人差指を立てた。

「加州の血を引く人物がこの中に一人だけいる！」

＊

「え？　本当なの、和久井さん？」

楼葉が後方から身を乗り出す。

「財産の問題なんて二の次よ。加州さまの血を引く人物がいるのなら、その人が碇矢家を継ぐべきだわ！　――そうでしょ、お母さん？」

「う、うん。そうね」

楼葉の気迫に、さすがの彩葉もたじたじだ。

「ねえ、和久井さん。それは誰？　誰なの？」

素早く立ちあがった楼葉が誠の肩を揺さぶる。

「そこにいる仁だよ」

「ジン？」

リビングルームにいる全員が、窓辺に座る五才児に注目する。

誠、どういうことなの？　奏多の息子がどうして加州の血を引いてるのよ。ちゃんと根拠があるんでしょうね？

（この子はナッツ一族だ。なんたって果実の種子は仁って云うからな。梅干しの種の中にある、いわゆる天神さまと呼ばれてるのも仁だ。カシューナッツもクルミもマカダミアナッツも、俺たちは仁を食べてるんだよ）

はい？　いや、そんなことを訊いてるんじゃなくて――。

「何云ってんだ！　そんなことある訳ないだろう！」

箕輪奏多は仁の前に立ちふさがるように両手を広げ、にらみを利かせた。そうやって威嚇《いかく》しても、誠は何も感じないと思うけど。

「仁は碇矢夏威児の子どもだ。あんたの子じゃない」

誠の言葉に、碇矢家の人々が水を得た魚のように活気づく。

「本当に夏威児さまの子なの？」

「嘘みたい。信じられないわ！」

「でも、夏威児さん夫妻が事故で死んだのは、今から六年以上も前だろ？　この子はまだ五才じゃないか！」

洋一郎のひと言で、皆が我に返る。

計算が合わないよ、誠。夏威児と紅亜はこの子が生まれる前に亡くなってるんだ。仁の両親にはなり得ない。

（そんなことないよ。間違いなく夏威児と紅亜の子だ）

誠が一歩前に出る。

「確かに、二〇一三年十一月二十二日の自動車事故で夏威児は死んだ。でも、後部座席にいた妻の紅亜はその場では一命を取り留め、搬送された病院で数日後に脳死と判定されたんだ。生物学的に死亡したのはその五ヶ月ほど後。珍しい事例だから、二〇一四年四月五日発行のロサンゼルス・タイムズで報道されてたよ」

そうか。だからこいつは、目を皿のようにして英字の新聞記事を調べてたんだ。

「奏多さん。あんたの姉さんの人工呼吸器が外されたのは、その子を出産した直後だったんじゃない？」

「違う！　仁は俺の子だ。いい加減なことを云うな！」

吐き捨てるような奏多の訴えを、森下が大声で掻《か》き消す。

「――ちょっと待ってくれ、和久井さん！　まさか、この子は脳死状態の母親から生まれてきたと云うのか？」

神奈川県警の刑事部長が平静を失うほど衝撃的な展開だということか。

誠が森下をにらみつける。

「脳死女性が出産できないなんて、誰が決めたんだ？　どんなに医学が進歩しても、わが子を思う親の気持ちは時として奇跡を起こす」

「信じられない。脳梗塞を患《わずら》い脳死状態となった私の父は、医師が手を尽くしたにもかかわらず、一週間後にあっけなく帰らぬ人となった。だから――」

誠は人差指を口に当てて、森下の話を遮った。

「実際、今年の八月にチェコで、脳死判定された二十七才の女性が女の子を出産している」

「本当なのか？」

「四月二十一日に脳卒中で倒れたこの女性はヘリコプターで、ブルノにある大学病院に緊急搬送された。彼女は妊娠十六週だったが、ひどい脳出血を起こしており、病院に到着してまもなく脳死と判定された」

なんてことだ。もうすぐ新たな出会いが待っていたというのに。

「お腹にいる胎児の心音は強く、この女性も脳卒中を起こす前はすこぶる健康だったことから、医師たちは女性に人工呼吸器を装着し、胎児の成長を見守ることにした。生命維持に必要な呼吸、血圧、体温などをモニタリングし、臓器がうまく機能しているか、感染症を起こしていないかなど、細心の注意が払われた」

何だか緊張してきた。

「看護師は毎日胎児に語りかけ、医師たちは母親の心臓や肺、腎臓を人工的に動かし、胎児の観察を続ける。祖母は枕もとにぬいぐるみを置いておとぎ話を読み聞かせる。理学療法士は歩行を再現するため母親の脚を動かし続ける。すべての関係者がまるで母親が脳卒中で倒れる前と同じような環境を作る配慮を忘れなかった」

ヤバい。泣きそうだ。関係者全員の気持ちがひとつになったのね。

「胎児の成長は定期的な超音波検査によってチェックされ、栄養状態は体重の増減で確認した。胎児の体重は二十一週目には九百八十g、二十四週目には千五百gと順調に増えていく。そして女性の脳死から百十七日後の八月十五日、帝王切開により体重二千百三十gの元気な女の子が誕生した」

やったあ！　よくがんばったね。

「脳死状態の妊婦が出産したケースは、二〇一四年にカナダで脳死後四十二日目、二〇一五年にアメリカで五十四日目、二〇一六年にポーランドで五十五日目、二〇一七年にブラジルで百二十三日目と、世界じゅうで二十例ほどが報告されている」

「そ、そうなのか」

森下刑事部長は驚きの表情を隠さない。それにしても、なんでそんな細かい数字が頭に入ってんだ、こいつ？

誠は碇矢家の人々に向き直った。

「どの例も、妊婦は家族に見守られる中、出産直後に人工呼吸器を外され、亡くなっている。家族にとっては言葉で表現できないほど、幸せな出会いと悲しい別れを同時に迎えたことになるよね」

鈴葉、彩葉、楼葉の三人は、誠と目を合わせたまま逸らさなかった。同じ女性として感じるところがあるのだろう。

「重要なのは、意識の無い母親に代わって、医師や看護師、栄養士、理学療法士、そして彼女を愛する家族が、二十四時間体制で妊婦の心拍数や血流、血圧、酸素量をモニタリングし、お腹の胎児に語りかけ、さらに歌を歌って励まし続けたことなんだよ」

同感だ。

「二〇一三年十一月二十二日の早朝、ロサンゼルス国際空港に向かっていた夏威児と紅亜は不幸にもハイウェイで事故に巻きこまれた。日本行きのチケットを持っていたことから、二人はサプライズで碇矢家の人たちに妊娠報告をするつもりだったんだろうね。だからこそ紅亜は事故後、何としても子どもを産むという強い意志を持ち続けることができたんだよ。仁が生まれたのは四月四日、実に脳死判定後から百三十四日目のことだ」

＊

信じられない。奇跡だ。母親の執念――いや、ここは愛と云うべきだろう――とはここまですごいものなのか。

加えて、脳死状態の出産なんて病院関係者や家族の協力がなければ到底無理だろう。ここにいる奏多の苦労だって並大抵じゃなかったはずだ。

誠は碇矢家の人々に語り続ける。

「あんたらに嫁として認めてもらえなかった紅亜は、夏威児の子を産み碇矢家の血筋を残すことによって、一族全員に認めてもらおうとしたんじゃないかな」

ある意味、加州と結婚する時に愛娘の安奈を養子縁組しなかった雪奈と同じことを考えていたってことかな。名門一族の輪に入るには、それほどの覚悟が必要なのか。

誠の説明を聴く碇矢家の人たちは声も出ない。

「碇矢家の皆さんは夏威児の死を悼《いた》むことはあっても、彼の妻のその後には誰も関心を示さず、収容されたロスの病院に見舞いに行くこともなかった。夏威児が死んだ時点で、紅亜は碇矢家と無関係の女になったってことなんだろうね。さすが伏魔殿だ」

「――和久井さん、教えてくれ。どうしてこの子が加州の孫だと判ったんだ？」

宇賀神の会話は常に、親友であった加州が中心だ。

「だってそうじゃなきゃ、トラブルになることが判っている七回忌の場に、この奏多さんがわざわざ五才の子どもを連れてくるはずがない。亡くなった夏威児が実の父親だからと考えれば、合点がいくだろ？」

「それはそうだが――」

「決定的なのは目の色だよ。この子はメラニン色素が著しく薄い。こうやって窓近くの明るいところで見るとグリーンに見える。典型的なヘーゼルアイだよ。——宇賀神さん。あんたは遠い昔にこの瞳を見ているはずだ」

「…………」

県警トップの公務員は何も応えなかった。誠は構わず続ける。

「人間の虹彩《こうさい》の色は遺伝性の特徴であり、生後六ヶ月くらいで定まる。仁の目をよく見ると、瞳孔付近はライトブラウン、周辺部はグリーンに見えるだろう？　そもそも日本人のヘーゼルアイは女優の橋本環奈に代表されるように九州出身者が多いんだけど、これほど強いグリーンは珍しい」

へえ。橋本環奈がハーフっぽく見えるのはヘーゼルアイだからなのか。

あ、解った。この屋敷で最初にメイド服を着て鏡を見た時、橋本環奈に似てるかなと思ったけど微妙に違和感があったのは、目の色の違いだったんだ。

「宇賀神さん、どうだい？　加州と同じだろ？　隔世《かくせい》遺伝だよ。加州は三十年以上ずっとコンタクトレンズを使っていた。視力が弱かったからじゃない。ヘーゼルアイを隠すためにカラーコンタクトを使ってたんだ。加州は子どもの頃、その身体的特徴のせいでクラスメイトからいじめられていたという。でもそれは不自由な右足のことではなく、目の色のことだった」

「ああ。その通りだよ、和久井さん」

うつむいていた宇賀神が顔を上げる。

「誰かがあいつの目の色をネタにしてからかったんだ。『おい。加州の目、苔《こけ》が生えてるぞ』って」

そうか。それで『コケ男《お》』ってあだ名が付けられたのか。確かにこれも身体的特徴には違いない。

宇賀神の告白に、誠が大きくうなずく。

「そして、ここにはもう一人、そのヘーゼルアイを見た人物がいる。——鈴葉さん、あんただ」

確かに、鈴葉なら幼い頃の加州に接しているはずだ。碇矢コーポレーションの会長はうんうんとうなずきながら、仁を見つめた。

「夏威児の七回忌の時、この子はソファで眠ってたんで気がつかなかったけど、今日初めて目の色を見た時から、もしかしてこの子は加州の血を引いてるんじゃないかと思ってました。きれいな瞳が加州の小さい頃にそっくりだったから」

ふむ。鈴葉がそう云うのなら間違いない。やっぱ仁は加州の孫ってことになるのか。

誠がメイド服のポケットからビニール袋を取り出す。

「宇賀神さん。このハンカチには、七回忌の時に仁が流した鼻血が付着している。そんな必要は無いと思うけど、もしこの先もめるようならDNA鑑定でも何でもして調べてよ」

私のハンカチはこうして宇賀神の手に渡った。ビニール袋に入れて用意しておくようにと、ゆうべ誠が云ったのはこのためだったのね。一ヶ月間あのハンカチを洗わずに保管しておくよう私に指示したくらいだから、誠は仁の目を初めて見た時からあの子が加州の血を引いている可能性を考えていたのだろう。お気に入りのハンカチが警察に押収されてしまうのは残念だけど、この状況では仕方ない。

加州と同じヘーゼルアイ、宇賀神と鈴葉の証言、そしてDNA鑑定。もはや否定はできないだろうな。

そうか。解ったぞ。

目の色にコンプレックスを抱えていた加州は妻や娘に対して、カラーコンタクトの使用はもちろんのこと、コンタクトレンズの存在そのものを内緒にしていたんだ。つまり、雪奈が顔のアザを加州に知られたくなかったように、加州も雪奈に目の色のことを知られたくなかったということか。アザをメイクで隠す妻と、目の色をカラコンで隠す夫。互いを愛するが故の『秘密』だったんだ。もしかして二人は、似たもの夫婦だったのかもしれないね。

「――もういい！」

突然、箕輪奏多が叫んだ。両手を頭上で大きく振り、続けて「もうたくさんだ」とつぶやいた。正面に座る楼葉が「え？」と反応する。

「『たくさんだ』と云ったんだ！」

一度天を仰いで、奏多はおもむろに立ちあがった。

「確かに、仁は夏威児さんと姉さんの子だよ。それは認める。でも俺が五年間育ててきた。だから俺の子でもあるんだ。脳死状態だった姉さんは五年前、帝王切開で仁を産んだ。未熟児だったけど、その生命《いのち》は姉さんから仁へと確かに受け継がれたんだ。その後すぐに、医師のアドバイスに従い、幸せそうに眠る姉さんの人工呼吸器を外すことになった。最後の決断をした時の、俺の悔しさや虚《むな》しさはあんたたちには解らないだろう？　碇矢家の皆さんにとって、姉さんは決して許すことのできない存在だからな。結局、姉さんも夏威児さんのあとを追うようにその短い生涯を閉じた。――ふん。愛の無い一族だから次々と人が死ぬんだよ。そんな呪われたヤツらに、夏威児さんの子だからと云って、俺の可愛い息子を預ける訳にはいかない。きっと不幸になる！」

涙ながらに訴える奏多に、碇矢家の一族は沈黙を守るのみ。

「仁って名前は、夏威児さんと姉さんが二人で付けたんだ。事故の前日、姉さんから『明日、夏威児さんと一緒に帰国します。お腹の仁（じん）も一緒です』ってメールが届いた。生まれてくる子が男の子だと判ってたんだろうな。姉さんの子は俺にとっても宝物なんだよ。だから、どんなに貧乏しても俺がこの手で愛情を持って育てる。世の中お金がすべてじゃないってことを俺が、いや俺と仁が証明してやるよ！」

奏多の気持ちはよく解る。仁の将来を考えたら、このまま箕輪家にいた方が幸せかもね。

（そうだな。戸籍上、仁は箕輪家の子だ。いくら碇矢一族が力を持っていても、法を無視して強奪する訳にはいかないだろう）

へえ。誠が私の意見に同調するなんて珍しい。さてはこいつ、ひょっとしてエモい気持ちになったかな？

（――んな訳ねえだろ）

はいはい。じゃあ、そういうことにしておきましょ。

その時――。

突然、楼葉が立ちあがり、奏多の前まで歩み出た。そしてそのまま、両ひざと両手を床に突く。えっ、土下座？

「カナタ、お願い！　碇矢グループにはどうしても加州さまの血が必要なの。その子を次期当主として碇矢家で育てさせて！」

そう云って額《ひたい》をフローリングの床に押しつける。

楼葉さん、あなたって人は――。

「ローハ、顔を上げてくれ。申し訳ないけど、それだけはダメだ。受け入れられない」

「そこを何とか！　このままでは碇矢グループは崩壊してしまう。その子は私が責任を持って立派な大人に育てます。――だから、お願い！」

楼葉は再び額を床に付け、相手の承諾を待った。

「くっ。ダメだと云ったらダメだ。俺は姉さんに、仁をこの手で育てると誓った。この子には、姉さんの分まで幸せになってもらわなきゃなんないんだ！」

奏多はそう云って、苦虫を嚙みつぶしたような顔で横を向いた。

その時、入り口辺りに立っていた小暮寛治が「あのう。ちょっといいですか？」と一歩前に歩み出た。このシェフにとって、仁は姉の孫に当たる。

楼葉は頭を起こし、「何でしょう？」と訝《いぶか》しげに見た。

「いえ。お二人が決めるんじゃなくて、いっそのこと本人に決めさせればいいんじゃないかと思いますてね」

はい？　何云ってんの、小暮さん？　仁はまだ五才よ。

シェフの発言に、奏多がポンと手を打つ。

「それはいいかもね。仁とは五年間ずっと一緒に暮らしてきたんだ。百%俺を選ぶに決まってるさ」

寛治があわててかぶりを振る。

「ちょっと待ってください。確かに、本人に決めてもらうべきだと云いましたけど、それは今じゃない」

「どういう意味かしら？」

楼葉が寛治に問いただす。

「この子が二十才になった時、箕輪家か碇矢家を選ぶというルールにしたらどうでしょうか?」

あ、それ妙案かも。そもそも仁の人生は、彼が自分で決めるべきだ。

「ちょっと待ってよ!　それは公平じゃないわ。その子との接点をほとんど持たない碇矢家が圧倒的に不利じゃない?」

彩葉が強い調子で娘に加勢した。これまたごもっともな意見ね。シェフの案だと、仁を手もとに置く奏多に軍配が上がりそう。

ふうむ、困った。このままじゃ埒《らち》があかないわね。

――ねえ、誠。何とかなんない?

(しょうがないなあ)

誠はリビングルームの中央まで進むと、座り込んだまま動かない楼葉の肩に触れ、その場にしゃがみ込んだ。

ちょっと、誠。そんなヤンキーみたいなカッコしないでよ。

(うるさいな。お前が何とかしろって云ったんだろ?)

何云ってんのよ!　ポニーテールの女の子がメイド服着てうんこ座りしてる姿を、あんた見たことあるの?

誠はいつものように私を無視する。

「あのさ、ひとつ提案があるんだけど」

「提案?」

オウム返しする楼葉に、誠は静かに問いかける。

「楼葉さん、あんたは仁をこの碇矢邸に迎えたい。そうだよね？」

社長秘書は「そうよ」とうなずいた。誠が視線を上げる。

「奏多さん、あんたは仁を自分の手で育てたい。そうだよね？」

箕輪家の長男は「その通り」と即答した。

ちょっと誠、今さらそれ訊く？　そんなことは解ってんのよ。だから皆困ってんじゃない！

誠がゆっくりと楼葉を立たせる。

「じゃあ、話は簡単だ。あんたたち二人がこの屋敷で一緒に仁を育てればいい」

＊

楼葉と奏多が顔を見合わせる。リビングルームで二人を取り囲む全員が唖然《あぜん》としていた。平然としているのは、誠ただ一人。

「三階にある当主の部屋が空いてるよね？　隣に書斎もあるし、あの広い部屋なら不自由なく三人で暮らせるだろ？」

「えっ、だけど――」

楼葉は彼の話が呑み込めないようだ。

ごめんなさいね。このバカはたまに常人が理解できないことを云うんですよ。私もほとほと手を焼いておりまして――。

「あんたらが互いに好意を抱いてることは、会話を聴いてれば解るよ。二人の間にはまったく遠慮ってものが無いからね。心を許し合ってる証拠だよ」

そうなの？　全然気づかなかった。

誠が奏多に近寄り、目を細めて話しかける。

「ロスに渡った二人は心から愛し合っていた。だからあんたの姉さんは命を懸けてこの子を産んだんだろ？　なんであんたら二人がいがみ合う必要があるんだ？　天国にいる夏威児と紅亜が悲しんでるとは思わない？」

誠は二人の顔を交互に見ながら、幼子《おさなご》を諭すように語る。

「確かに、仁は碇矢家と箕輪家の血を引いている。でも大事なのは『家』じゃない。そこに住む『家族』なんだ。あんたら三人はきっといい家族になれるよ。いつかこの屋敷の呪縛も解くことができるだろう。そのうえで、碇矢グループを継ぐかどうかは、成人した時に仁本人が決めればいい」

楼葉が奏多を上目遣いに見る。

「でもカナタ、私なんかが相手じゃ嫌でしょ？　さんざん嫌味を云ったし、悪態もついた。それにずっと箕輪家を憎んできたし——」

「俺の気持ちは高校時代から変わってないよ」

照れ隠しのつもりなのか奏多はひと際大きな咳払いをした。

へえ、誠の云う通りだ。右脳を持たない朴念仁《ぼくねんじん》が二人の恋愛感情を読み取っていたなんて、不思議なこともあるものね。

小さくうなずいた楼葉は、奏多の隣に座る仁の前でひざを突いた。

「ねえ、仁君。お姉さんが新しいお母さんになってもいいかな？」

五才児が目を丸くする。

「えっ、ホントにお母さんになってくれるの？　この前、幼稚園の運動会で、お母さんがいないのボクだけだったんだよ。じゃあ、来年の運動会は来てくれる？」

「もちろん！　来年も再来年もずっと一緒に行くよ！」

何だ楼葉さん、ちゃんと笑えるじゃん。今日でアイスドールは卒業だね。

仁が「やったあ！」と両手を上げて喜ぶ。

「──あのさ」

「なあに？」

「もうお母さんって呼んでいいの？」

「うん！」

楼葉は大きくうなずき、その場で仁を強く抱きしめた。きっとこの子には解るのね、彼女のやさしさが。

誠が満足げな表情で後ろを振り返る。

「鈴葉さん、彩葉さん。これでいいよね？」

鈴葉は満面の笑みで「はい。何も申しあげることはありません」と告げ、彩葉は「私も異存はないわ」と清々《すがすが》しく応えた。

誠はそれを聞いて、鈴葉の前に歩を進めた。

「ついでにお願いしちゃっていいかな？」

「何でしょう？」

「亡くなった紅亜さんを、碇矢家の正式な嫁として認めてあげてほしいんだけど」

鈴葉は、彩葉と楼葉がうなずくのを確認して「承知しました」と返した。

「もうひとつ。この二人がしっかり子育てできるように、奏多さんを碇矢グループで働けるようにしてくんないかな」

「それは私が手配するわ」

彩葉はそう云って誠の手をとった。そのまま耳もとで「和久井さん、ありがとう」とささやく。他の人には聞こえなかったと思うけど、あの彩葉が自分から感謝の言葉を伝えるなんて思わずわが耳を疑った。

奏多と楼葉が手を携《たずさ》えて、誠の前に立つ。

「仁の笑顔を見て、夏威児さんも姉さんも天国で喜んでると思う。——和久井さん。さっきは失礼なことを云っちゃったけど、どうか許してください」

奏多に促され、楼葉も決意を語る。

「碇矢グループはこれからの十年で、誰からも信頼される企業に生まれ変わります。ペリー島だけでなく地球環境を無視した開発はすべて取りやめ、豊かで快適な社会の発展に貢献していくことを約束するわ」

誠はこの日一番の笑顔でうなずいた。たまらなく嬉しそうだ。

碇矢家と箕輪家。仁は十五年後、どちらの道を選ぶのだろうか。

何だか、勇者がゲームの中で自分の結婚相手を決めるような話ね。もしかするとこれは、親子三代にわたる壮大なロールプレイングゲームにおける新章のスタートなのかもしれない。

晴れやかな表情で互いの手をとる男女を、碇矢邸にいる全員が見守る。奏多は何やら感慨深そうだ。

「お前の手を握ったのは高校の時以来だな」

「何云ってんのよ。別れようって云ったのはあんたでしょ？」

「自分には婚約者がいるって云ったのはお前――。いや、もうやめよう。少し長い付き合いになりそうだから、よろしく頼むよ」

「うん」

楼葉は伏し目がちにそう応えた。

ホントに良かった。この屋敷に来て初めてほっこりしたかも。

――ディンドン、ディンドン。


ん？

鐘の音だ。誠？

(麻琴、疲れた。代わってくれ)

うん。解った。

お疲れさま。よく頑張ったね。ちょっぴり見直したよ。

(ちょっぴりかよ)

贅沢《ぜいたく》云わないの。

さてと――。

右腕をグルグルと回してみる。

ああ、やっぱ自分の身体はいいなあ。久しぶりに暗い迷宮の奥深くから出てきたような感覚だ。誠はいつもこんな感じで私の行動を観察していたんだろうか。

それにしても、今日は目まぐるしい一日だったな。誠が謎解きしてる間ずっと緊張しっ放しだったからホントに疲れた。鼻血が出そう。

(——あ、そうだ。麻琴、ナッツの食べすぎで鼻血が出ることなんて無いからな)

えっ、そうなの？

(鼻血が出るのは、鼻をぶつけたりこすったりして、鼻の粘膜や血管が傷ついた時だ。鼻中隔《びちゅうかく》の前方にキーゼルバッハ部位って静脈が集まってるところがあるんだけど、外部から刺激を受けるとこの部分の血管が切れて出血するんだ。ナッツやチョコレートの食べすぎで鼻血が出るという医学的根拠はまったくないよ。もし世間の大人たちが子どもにそういう話をしてるのなら、それは食べすぎを戒《いまし》める親の愛情だろうね)

なるほど。

(麻琴は洋菓子の間食を控えて、ナッツダイエットでも始めた方がいいんじゃないか？　ナッツは豆類やイモ類と同じく食物繊維が豊富だから、便通も改善されるし)

はい？　もうホントにあんたはデリカシーが無いんだから！

(ご一緒にポテトはいかがですか？)

やかましい！

あ、そうそう。思い出した。あんたには、私に血だらけのネクタイを触らせた罪が残ってたっけ。罰として橋本の図書館に行く話はキャンセルだかんね。

(えぇーっ？)

良い薬だ。この、カトリーエイル・レイトンのような可愛いメイドを見くびるからよ。でも、難事件を解決したことに免じて、今回だけは許してやるか。

　令和元年の秋に相模湖畔の洋館を舞台に起こった事件はこうして幕を閉じることになった。ホントに不思議な事件だったな。

(不思議とか謎なんて言葉は現実逃避でしかないって云っただろ？　ほら、ちゃんとからくりがあったじゃないか)

　そうね。今は、誠が云った言葉の意味が理解できるよ。すべての謎は解き明かされたんだから。

　今思えば、碇矢家の一族は皆、クセのある人ばっかだったな。加州は一族の人たちから『不可能を可能にする男』なんて云われてたし。

(不可能を可能にするなんて、論理的に成り立たないよ。もし何かを可能にする方法が存在するんだったら、それはそもそも不可能ではなかったということだ)

　碇矢家の人たちはそんな加州を神のように崇めていた。

(神ねえ。それじゃ加州は不自由な足を引きずって百mを五秒で走ることができたか？　相模湖の水をひと晩で飲み干すことができたか？　大空を飛ぶどころか、湖畔で花火をして騒ぐ若者を止めることもできなかった。仮に胡桃がイヌワシに襲われた時、その場に加州がいたとしても助けることはできなかっただろう)

　うん。加州もただの人間だった。

(そう。碇矢邸の外に住む人たちと何も変わらない。強《し》いて云えば、ビジネスの才覚が多少あっただけだよ。でもそんなヤツ、地球規模で見れば腐るほどいる。ただ皆、資金が無かったり、機会が無か

ったり、天運が無かったり、ほんの少し何かが欠けてるだけなんだ）

完璧な人間なんていないってことね。

（加州だっていつかどこかで必ず失敗する。ところが失敗したことがない人間はそんなこと考えもしないだろ？　それが遅くなればなるほどダメージが大きくなるんだ。結果的に加州は命を落とした）

自らの成功体験に囚われると、周りが見えなくなり他人の声に耳を傾けなくなる。イカロスのパラドックスね。猛き者もついには滅びぬ、ひとえに風の前の塵《ちり》に同じ。

（どんなにすぐれていても、人間は神にはなれないってことだよ）

私もそう思う。

――ねえ、誠。

もし神さまがあんたに「不可能と思われることをひとつだけ可能にしてあげる」と云ったら、何をしたい？

（ふむ。本当は「自分の身体が欲しい」って云いたいところだけど――。そうだな。太平洋の水を十分の一くらい一気に蒸発させるかな）

何それ？

（大量の水を蒸発させれば、その気化熱で地球全体の温度を下げられるんじゃないかと思ってね）

こいつ、また訳の解らないことを云い出したな。

（海の水は太陽に照らされて蒸発し、やがて雨となり湖や川を経由してまた海に戻る。こうしておよそ三千二百年で地球の水はすべて入れ替わるんだ。これを二千九百年周期にすれば、地球の気温は産業革命前の涼しさを取り戻すかもしれない）

そんなことしたら、新たな異常気象を招くんじゃない？

（そうかもね。でも、やってみなきゃ判んないだろ？　卵を割らずにオムレツは作れないよ）

話が壮大すぎて付いていけない。

（もし局地的に海水を蒸発させることによって一定範囲の気象現象をコントロールできるようになれば、毎年日本に襲来する台風の進路を変えることだってできるかもしれない）

はいはい。でも現実的じゃないね。そんな地球規模の実験、いくらかかると思ってんのよ。日本政府がそんな研究にお金を出すとも思えないし。

（そもそも神さまが実現してくれることが前提の話だろ？　――ん？　ちょっと待てよ。あそこなら研究資金を提供してくれるかも）

どこよ？

（アメリカ国防総省《ペンタゴン》。日本列島に上陸しそうな台風を、意図的に大陸方面とかに誘導することができれば、それは人為的に災害を発生させられるってことだろ？　これって、他に類を見ない武器、いや兵器になるんじゃないかな。アメリカだってカリブ海で発生するハリケーンに頭を悩ませてるはずだし――）

こらっ、誠！　何云ってんの！　いい加減にしないと本気で怒るよ。

（ゴメンゴメン。冗談だってば）

それにしても、どこをどうひねったらそんな発想が出てくるのやら。

太平洋の水を一気に蒸発させる、か。

ははは。こいつ、やっぱ変わりもんだ。

（ふん。確かに俺は変人かもしんないけど、そういう意味じゃ、四つ葉のクローバーだって変異体だろ？　何が人々を救うかなんて判んないぜ）

確かに、変種だからと云って四つ葉のクローバーを否定する理由は何も無い。

私にとって誠は唯一無二のパートナーだ。

＊

「それじゃ、そろそろ我々も失礼させていただきます」

そう告げて宇賀神本部長が部下の森下刑事部長に合図を送る。なぜか浅倉警部は、私に軽くお辞儀をしたあと、誰よりも早く、逃げるように碇矢邸から去っていった。

浅倉さん、いつか誠にリベンジできるようにこれからもお仕事頑張ってね。

玄関で警察の皆さんを見送る。外はもうすっかり暗くなっていた。

ふと、最後に屋敷を出ようとした宇賀神本部長と目が合った。

「――あ、そうそう。和久井さん」

「は、はい」

ヤバい。誠が失礼な発言を連発してたから、ひょっとすると怒られるかも。

「ひと言お礼を云わせてもらうよ。もう少しで無二の親友が殺害された事件を見過ごすところだったんだから」

「それはよろしゅうございました」

「見事な謎解きだったけど、事件を推理している時はまるで別人のようにも見える。いつもあんな感じで？」

げっ。困った。何とかごまかさなきゃ。

「すみません。昔からそうなんですけど、熱中してスイッチが入ると、自分でも何がなんだか――」

「不思議な人だ。単なるメイドとは思えない。またどこかでお会いすることがあるかもしれませんね。――和久井麻琴、憶えておきましょう」

神奈川県警本部長は、少し毒のあるメッセージを残して碇矢邸をあとにした。

――ふう、危ない危ない。

もしかして私、警察のナンチャラリストとかに載っちゃうのかな。

(何云ってんだよ。そのメイドのおかげで事件が解決して、県知事や公安委員会に良い土産《みやげ》ができたんだから、文句を云われる筋合いはないぜ)

そういう悪態をつかないの。

(これがホントのメイドの土産だな)

あのう。全然おもしろくないんですけど。

(…………)

最後のパトカーが屋敷を離れたあと、私は束《つか》の間放心して、雪奈が転落した大階段を見つめていた。

紆余曲折《うよきょくせつ》はあったけど、誠のおかげで碇矢グループは再出発することになり、仁を取り巻く育児環境も整った。『イカロスラリー』の開催も『ラピュタ・アイランド』の建設計画も中止になるだろう。安奈が望んだ通り、ヤタガラスアゲハの生息地域は守られたんだ。

安奈ちゃん。近々会いに行くからね。若いんだからまだいくらでもやり直せるよ。この地球《ほし》と同じように、心の傷はいつかきっと自然治癒するから。

リビングルームに戻ると、そこにはもう誰もいなかった。奏多と仁に見せるために、三階にある当主の部屋に皆で行ったのかもしれない。シェフと先輩メイドはキッチンで夕食の準備かな。

さあ、年末が近い。そろそろ部屋の荷物をまとめなきゃ。

もうすぐこの景色ともお別れだな。もう一度屋敷の庭園や相模湖が見たくて、リビングルームのカーテンを開いた。

——ねえ、誠。

ほら、見て。朝から降り続いていた雨が雪に変わったみたい。ホワイトクリスマスだよ。この雪がすべての罪を覆い隠してくれればいいのにね。

（…………）

私のパートナーは眠っているのか興味がないのか、返事もしない。

エピローグ

「――あ、宇賀神さん。ここです」

碇矢家で起こった殺人事件が解決してちょうど一ヶ月。事件のあと碇矢邸を去った私は、この日、神奈川県警本部庁舎が建つ海岸通《かいがんどお》り沿いの『マージーサイド』という喫茶店で宇賀神本部長と会うことになっていた。

防音設備が整っているせいだろう。表の大通りを行き交うクルマの騒音はまったく気にならず、店内を流れるビートルズのナンバーが耳に心地よい。

「お待たせして申し訳ない。相模湖の事件では世話になったね」

私の正面の席に座った宇賀神和也はウェイトレスに「いつものヤツを」と注文し、穏やかな表情で私を見据えた。

店内のBGMが『ストロベリー・フィールズ・フォーエバー』に変わる。

「宇賀神さん。私、どうしても確かめたいことがあって、事件のあと町田《まちだ》にいらっしゃるお母さまに会ってきました」

「私の母に？」

「ええ。お母さまの春子《はるこ》さんは、元警視庁の副総監だった亡き夫、慎吾《しんご》さんと同じ道を歩み、神奈川県警の本部長を務めるあなたを誇りに思っている様子でした」

「どうして母に会う必要があったのか、理解できないな」

エリートの涼しい瞳がほんの少しだけ揺れた。私は彼の疑問を無視するように話を続ける。

「宇賀神さんには、久美子《くみこ》さんというお姉さんが一人いらっしゃったんですね。幼くして川で溺れて亡くなったとか」

「ああ。姉が死んだのは私が生まれる少し前だから、何の思い出もないがね」

宇賀神はさっきのウェイトレスが運んできたコーヒーに、スプーンで一杯だけ砂糖を加えた。

「お母さまは、久美子さんが、自分の胎内にいた時の記憶を持っていた話やお空の上の天国で一人の男の子とずっと一緒にいた話、そしてお腹の中にいる弟に『カーくん、カーくん』と呼びかけその誕生を楽しみにしていた話を、独り言のように語っておられました」

「夢物語だね。母はもう八十才だ。人間は老いると夢を語り出す」

そう云って正面の紳士は肩をすくめ、カップを口もとに運んだ。

「私、旦那さま、いや碇矢加州氏が碇矢家の誰とも似ていないことや、胡桃さんと違ってとても気性が荒いことに違和感を覚えていました。加えて、今回、お母さまから見せていただいた慎吾さんの写真がどことなく加州氏に似ているように感じたこともお伝えしておきます」

「何が云いたいのかね？」

宇賀神和也の目があやしく光る。

「五十二年前の七月二十二日、相模原の橋本五差路病院で産声をあげた男の子がいました。警視庁の副総監を務める宇賀神慎吾氏の一人息子です」

「ああ。私だ」

「宇賀神さんがおっしゃった通り、残念ながらその病院は三十年前に閉院して無くなっていましたが、今回私は、当時看護師をしていた尾崎《おざき》さんというお婆さんの家を訪ねたんです」

「えっ？」

「私は単刀直入に訊きました。『その赤ちゃんは病院のミスで取り違えられたのではないですか？』と。昭和四十二年七月二十二日に橋本五差路病院で生まれた男の子は二人だけ。宇賀神家の長男と碇矢家の長男です」

「その女性は何と？」

宇賀神の顔が強張《こわば》る。額には大粒の汗が浮かんでいた。そんな彼を焦《じ》らすように、私はすでに冷たくなっていたレモンティーをゆっくりと口に含んだ。

「何も応えてくれませんでした。同居している娘さんの話によれば、尾崎さんは高齢のせいか体調がすぐれないらしく、私の話を聴いている間もずっとつらそうでした」

「そ、そうなんだ。残念だったね」

「はい。とても落胆しました、その時は」

「その時は？」

コーヒーカップをつかもうとしていた宇賀神の手が止まる。

「三日後に尾崎さんから連絡があったんです」

「…………」

「約束の日に再び訪問した私に、彼女はしっかりとした口調で、五十二年前に院内で起こった出来事を語ってくれました。悩んだ末にやはり何もかも話すべきだと考えたようです」

「それはいったい――」

「元看護師の尾崎さんは『二人の男の子は取り違えられたのではありません』と私に告げました。いくら五十年以上前のこととは云え、徹底管理された総合病院でそんなミスが起こるはずがないと」

「そ、そうか。そうだろうな」

　宇賀神がぎこちない笑顔を浮かべる。

「さらに彼女はこう云ったんです。『取り違えられたんじゃない。意図的にすり替えられたのです』と！」

「…………」

「尾崎さんは震えながら『院長の指示で私がやりました。いけないことだと解っていましたが、当時女手ひとつで娘を育てていた私にはどうしてもお金が必要だったんです。今はとても後悔しています。本当に申し訳ありませんでした』とベッドの上で泣き崩れました」

　私には、神奈川県警のトップにどうしても伝えなければならないことがある。

「宇賀神さん。あなたは、私が依頼しても本気で病院関係者を追わなかった。シロートの私でさえ、すぐに当時の看護師にたどり着いたんですよ。つまり、あなたは敢えて目をつぶったんです。――なぜあなたはこの件について、これ以上は調査困難だと私に告げたのか？　何か都合の悪いことがあったのでしょうか？」

宇賀神家の長男は何も云わず、私の目を見つめていた。

さあ、いよいよ碇矢邸の元メイドが、カトリーエイル・レイトンばりの推理を披露《ひろう》する時が来たようね。

「ここからは私の推測です。五十二年前、警視庁のエリートだった宇賀神慎吾氏は、妻のお腹に宿った子どもが男の子だと聞いてとても喜んだでしょうね。一度流産した経験を持つ春子さんにとっても、待望の赤ちゃんでした」

「…………」

「でも、実際に生まれた子は片足が不自由でした。出産直後に詳しく調べた医師から指摘され、さらに『回復の見込みはない』と告げられます。息子を立派な警察官に育てることを夢見ていた慎吾氏はショックを受けたに違いありません」

「…………」

「このままでは息子は警察官になれないと考えた慎吾氏は、同じ日にその病院で誕生した男の子がもう一人いることを知り、院長にとんでもない相談を持ちかけます。当時医療ミスが疑われていた患者死亡事故を見逃す代わりに、足の不自由なわが子を、健康な他人の子とすり替えることを迫ったのです。どうしても病院の評判を落としたくなかった院長は、この悪魔の取引を受け入れ、特別ボーナスの支給をちらつかせてシングルマザーの若い看護師に実行を指示しました」

「…………」

「当時、沖縄でマカダミア樹を試験栽培するための会議に出席していた碇矢家の当主は、台風で足止めされたことにより妻の出産に立ち会えず、しばらく戻って来られなかったそうです。碇矢家に嫁いだ琴葉さんが産んだ赤ちゃんを、出産に立ち会った鈴葉さんはすぐに抱きあげた。その子は、亡くなった加州氏ではなく、宇賀神さんあなただったんです」

「………」

「そして、その日のうちに二人の男の子のすり替えが行われました。例えば先天性内反足《ないはんそく》のような形態異常であれば、シロートでも、すり替わった時にすぐに判ると思います。でも、痛みなどの自覚が無い下肢機能障がいの場合、赤ちゃんは生まれてすぐに立って歩く訳ではないので、医師でもない限り気づくことはないでしょうね。数日後、晴れて新生児と対面した当主の夏樹さんは、片足が不自由であることはさておき、跡取り息子の誕生を誰よりも喜んだことでしょう。――この男の子が、碇矢家の旦那さま、加州氏です」

宇賀神はただじっと私の話を聴いている。

「出産後、春子さんは不思議に思ったでしょうね。久美子さんの話によれば『カーくん』は足にケガを負っているはずなのに、実際に生まれてきた男の子は健康そのものだったんですから。もしあなたが生まれた時にまだ姉の久美子さんが生きていたら、『これはカーくんじゃない!』と指摘したのではないでしょうか」

病院内でわが子がすり替えられるなんて、かつて病院で働いた経験を持つ春子さんにとっては思いも寄らないことだったに違いない。

「私、気になったので、目の色についても訊いてみたんです。春子さんは『夫の一族はもともと福岡に住んでいたのですが、驚いたことに、夫の父親は西洋人のような緑色っぽい目をしていたんです』

と教えてくれました」

加州と仁の場合と同じく、隔世遺伝でヘーゼルアイは受け継がれていたのだ。

「私が碇矢家で働いていたのは二ヶ月だけでしたが、何度も『碇矢家の血』『加州さまの血』という言葉を耳にしました。彼らは異常と思えるほど血にこだわり、碇矢家の血はすべてに優先すると考えていました。だからこそ、加州氏が亡くなって後継者争いに発展しそうになった時も、仁君の存在が明らかになったことで誰も文句を云わなくなったんです。その加州氏が実は碇矢家の正統な血筋ではなかったなんて、何とも皮肉ですね」

加州だけでなく、夏威児そして仁までも碇矢家の血は流れていなかったのだ。私の話を聴き終えた宇賀神は、鎌倉大仏のように穏やかな表情になっていた。

「ふむ。さすがは和久井麻琴。見事な推理だ」

「…………」

「──と云いたいところだが、今の話は信じるに値しないね」

「DNA鑑定をすれば判ることとです」

「そんな必要は無い！　私の父は元警視庁副総監の宇賀神慎吾、母は宇賀神春子。私は両親の愛情を一身《いっしん》に受けて生きてきた。久美子姉さんの分もね。私は、宇賀神和也であることに何の不満も無い！」

エリート公務員は迷いの無い表情で云い切った。

「碇矢家の真の当主はあなたかもしれないのに」

「私はそんなものに興味は無い」

「本当にいいんですか？」

「君も知ってる通り、私は警察官だ。勤め始めてもう三十年になる。この仕事に生きがいと誇りを感じてるんだ。もし君の推理が正しかったとしても、実業家との二足のワラジを履くことはできないよ。あのイカロスだって、翼が片方しか無かったら大空を飛ぶことはできないだろう？」

「でも――」

「和久井さん、この事件はもう終わったんだ。そろそろ失礼するよ」

そう云って宇賀神は伝票を手にすると、足早にレジへと向かった。

【参考書籍】

『おかあさん、お空のセカイのはなしをしてあげる！　胎内記憶ガールの日常』
竹内文香　二〇二〇年　飛鳥新社

※この作品はフィクションです。
実在する人物、団体、地名、事件などとは一切関係ありません。

島田荘司選第16回ばらのまち福山ミステリー文学新人賞優秀作である「片翼のイカロスは飛べない」を改題、加筆修正を行いました。

第16回　ばらのまち福山ミステリー文学新人賞選評

島田荘司

※この選評には、物語の核心に触れている部分があります。未読の方はご注意ください。（編集部註）

この作は、アニメか、館《やかた》もののゲームに見るような型に、全面依存して作ったストーリーと感じる。ゆえにこうしたエンターテインメントになじみ、絶対的に好みである読者には最高に読みやすい、好ましい世界であろうと推察する。しかしこちらはなじみがないので、読み解く対象世界が、なかなか膨らまず、深まっていかないもどかしさを前半では感じた。そうなると、ページを繰《く》らせるエネルギーもまた、少々乏しい。

過去も背後も持たず、AIのように前例踏襲のセリフを口にし続ける登場人物たちはカードボードで、彼女らがひらひらと乱舞するファンタジー世界は、実は文学的に読み解く対象ではなく、進行が定まった館ゲーム・パターンを素直に受け入れた書き手が、そこに本格としてのどんな仕掛けを思いついて付け加えるかを待ち、楽しむのがよい。こうした日本型の構造は、平成以来の新本格の行きついた姿かもしれない。

日本語の国ジパング、その神奈川県、相模湖のほとりに構築された封建的家父長型小階級社会、固定的な階級意識強制による会話ルールも、この人工的にすぎる世界においては、否も応もないアニメ的な演劇感覚で行われて、これを決まりごととして日々を通している限りは、格別の感慨も、快・不快もないと見えている。今は若いようだが、彼女らもいずれ歳を取る、蓄積された怨念の残滓《ざんし》が何を作りだすか、等々のことは考えられていない。その必要はないという判断なのであろう。彼女らがもしもAIでないなら、こうした演劇人生の行きつく先の世界には、それなりに興味が湧く。

しかしこのAI館ドラマが、同時に血族主義ルールの、遺産相続ドラマの型にも属しているらしいと知れるあたりから、その臆面もない露骨さに苦情を言うより先に、逆に俄然《がぜん》面白くなった。どうやらこのストーリーは、館ものをさらに進め、遺産相続、連続殺人のパターンも使用していて、進行の次第は完成品のこれにすっかりまかせてしまい、細部の新味に勝負を賭ける種類の習作であったかと知れた。とは言え、そうした露見に、自分の場合は特にがっかりはしなかった。

物語がさらに進行して、手塚漫画の名作「ブラック・ジャック」とピノコのエピソードが現れ、すわ今度は「ブラック・ジャック&ピノコ」の型も取り込む気かと身構えたが、これはそれほど露骨ではなかったものの、しかし大局的に見れば、しっかり取り込んだともいえる。この作者のこうした博覧強記型、前例群の勉強→吸収の制作態度は、中段で披露されるさまざまに高度な雑学の披瀝《ひれき》とも絡んで、ある方向の日本人の創作傾向を示しそうだが、この分析は他所に譲る。

テレビで「犬神家の一族」のリメイク・ドラマを観ていると、畳に正座整列した遺産目当ての親族たちの眼前、横臥《おうが》する白髭老家長が何ごとかをつぶやき、弁護士が懐から遺言状を取り出して、それが地図だの暗号文が入った小箱を示したりすれば、シリアスもの、パロディものを含めて、この場面を何十回見たであろうと記憶をたどりながら、わが民族の噴飯的ユーモア体質に、しみじみとした感慨を抱く。ここまで徹底従順な前例パターン渇望症候群は、アメリカのドラマ等ではなかなか例を見ることがない。

しかしこの作品、骨組みに全面的に依存しておいて、創作頭は細部に、あるいは別所に使うのだと言わんばかりの執筆スタイルだから、細部各所のアニメ的ユーモアや、ちょっと現実的でない活劇展開などは、充分に楽しんだ。高齢者が鳥人間となって夜空を飛び廻《まわ》り、地上五百メートルでヘリコプターに激突したとする展開など、はたしてどう着地するのかしらんと心配させられたが、なかなか説得力のある処理を見せて、リアリティなどを言い出す気がない選者としては、大いに感心した。

もうひとつ、秋葉原《あきはばら》ふうのメイドドレスを着ているらしいヒロイン真琴の脳内に、もうひとりの男性人格の脳、誠が腫瘍《しゅよう》のごとく同居していて、彼がコナン的名探偵の能力と言動癖を持ち、期が満ちれば真琴の声と体を借り、快刀乱麻を断つごとき名推理を展開して警察関係者や血縁者を煙に巻くという段取りは、なるほどこのあたりが前例の型に思い切り依存しておいて、余裕のできた脳で切り拓いた新機軸かと、納得した。

彼女に現れるであろう激しい頭痛や吐き気、生活困難を呼ぶ様々な病的傾向などは、まあ野暮なこととして、言いっこなしのルールなのであろう（ピノコの場合は、問題あって体外に切り出されたのだが）。

この作例がもしも時代の要求と合致して受けるならば、あるいは当るシリーズともなるのかもしれない。

もう一点気になったのだが、タイトルの理由を語る気の利いたふうの一文が結部で出て来るのだが、これがあまり説得力を発揮せず、ピンと来ない。この説明は最後に作の全体を締め、鮮やかな着地と見せるべき重大な一文なので、もう一考の余地を感じた。

しかし冒頭の天国のファンタジーは、上手に伏線の効果も醸して、よい感じにできあがっている。

野島夕照
（のじま・せきしょう）

1962年1月26日、岡山県倉敷市生まれ。横浜市在住。少額短期保険会社の社長を務める傍ら、週末は非常勤講師として大学の教壇に立つ。2023年、島田荘司選第16回ばらのまち福山ミステリー文学新人賞優秀賞を受賞し、2025年、本作でデビュー。

片《かた》翼《よく》のイカロス

２０２５年３月30日　初版１刷発行

著者　野《の》島《じま》夕《せき》照《しょう》
発行者　三宅貴久
発行所　株式会社　光文社
〒１１２-８０１１　東京都文京区音羽１-１６-６
電話　編集部　０３-５３９５-８２５４
書籍販売部　０３-５３９５-８１１６
制作部　０３-５３９５-８１２５
ＵＲＬ　光文社　https://www.kobunsha.com/

組版　萩原印刷
印刷所　新藤慶昌堂
製本所　国宝社

ISBN978-4-334-10591-4